Julien Green
Der Unbekannte

Roman

Aus dem Französischen
von Elisabeth Edl

Mit einem Nachwort
von Wolfgang Matz

Carl Hanser Verlag

Die französische Originalausgabe erschien 2008
unter dem Titel *L'inconnu* bei Fayard in Paris.

1 2 3 4 5 15 14 13 12 11

ISBN 978-3-446-23740-7

Satz: Greiner & Reichel, Köln
Druck und Bindung: CPI – Ebner & Spiegel, Ulm
Printed in Germany

Der Unbekannte

»Ein Traum … (Warum sollt'
ein Traum mich ängstigen?)«

Racine, *Athalie*

Im Laufschritt stürmte er aus dem Haus, wie immer zu spät. Auf der Straße überall Polizeiwagen, wahrscheinlich eine von diesen Demonstrationen, die alles verstopfen; auf der Fahrbahn standen sicher Absperrgitter. Ecke Rue Vaneau war ein Durchkommen schon fast unmöglich, es sei denn, man konnte nachweisen, dass man im Viertel wohnte; er hatte aber nie einen Ausweis dabei. Das war einer seiner ganz wenigen Grundsätze. Er fragte sich, mit welchem Dreh er den großen Bogen über die Rue de Babylone vermeiden könnte.

Aus der Ferne, vom Boulevard des Invalides, drang das Geschrei der Demonstranten, das sich nach einer Protestkundgebung anhörte. CRS-Männer mit ihren Gladiatorhelmen auf dem Kopf trabten los, in Richtung Keilerei. Unwillkürlich warf er einen Blick auf seine Uhr.

»Mist! Zwei vor zwölf!«

Er schüttelte sie, als könnte sie etwas dafür, und hatte das Gefühl, sie sei stehengeblieben.

»Spinnt ja, dieser Wecker!« dachte er. »Ich bin angeschmiert. Rendezvous verpasst. So was passiert auch nur mir. Da muss ich mir ’ne hübsche Lüge einfallen lassen. Und dabei bin ich zu nachtschlafender Zeit aus dem Bett gekrochen …« Bei diesem Gedanken musste er lachen, denn als er die Augen aufgeschlagen hatte, zehn nach elf, stand die Sonne bereits hoch am Himmel. Die Wahrheit ein bisschen zu verdrehen kostete ja nichts, und er konnte vielleicht alles wieder einrenken, falls Agathe wirklich böse war. Diese vermaledeite Demonstration war schuld an seiner Verspätung, die Bullen hatten ihn unter seiner Toreinfahrt blockiert, zehn, nein, zwanzig Minuten wenigstens hatte er voller Ungeduld ausharren müssen. Wieder lachte er bei der Vorstellung, dass er sich so leicht aus der Affäre ziehen konnte.

Als er einen zweiten Blick auf seine Uhr warf, um sicherzugehen, dass er sich nicht geirrt hatte, sagte eine Stimme hinter ihm laut und deutlich: »Zu spät!«

Er drehte sich um, weil er den Flegel auf seine gewohnte Art zurechtweisen wollte, ironisch und scharf, doch etwas hielt ihn zurück. Nein, er hatte den Unbekannten noch nie gesehen, aber der Eindruck, dass er ihm nicht völlig fremd war, ließ ihn die Frechheit, die er auf den Lippen hatte, schnell wieder herunterschlucken.

»Sie schauen jetzt schon zum zweiten Mal auf Ihre Uhr«, sagte der Mann. »Nein, hören Sie zu. Ich will Sie bloß eine Sekunde lang aufhalten, ich möchte …«

»Keine Zeit, hab ein Rendezvous.«

»Wer hat das nicht in Ihrem Alter! Trotzdem würde ich Ihnen gern einen Vorschlag machen …«

»Sie sind auf dem falschen Dampfer. Ich bin kein …«

»Einen ganz ehrenwerten Vorschlag, mein junger Freund!«

Das war mit eisiger Ironie gesprochen, ganz im Gegensatz zu Viviens aufbrausender Schlagfertigkeit. Aber diesem blieb keine Zeit zu antworten, der Mann fasste ihn am Ärmel. Sie waren an der Ecke Rue de Varenne; zwei CRS-Wagen parkten auf der linken Seite der Rue Vaneau; etwa zehn Polizisten standen rechts auf der Kreuzung, blockierten den Gehsteig zum Hôtel Matignon. Die kleinste Auseinandersetzung würde sie auf den Plan rufen, und selbst wenn es kein Verbrechen war, auf der Straße angequatscht zu werden, die Sache wirkte faul. Vivien hatte ein ziemlich flexibles, also nicht immer ganz ruhiges Gewissen. Freilich, er war erst zwanzig, und Gewissen ist etwas fürs reife Alter, für Kain und seine

Tierhäute, wie ein greiser, verschwafelter Dichter sagte, den sie ihnen in Französisch aufgebrummt hatten. Mit dem offenen Hemdkragen, der locker gebundenen Krawatte und seinem verschlafenen Gesicht konnte das ganze schlecht für ihn ausgehen, wenn er laut wurde. Da er außerdem nur dreißig Meter entfernt wohnte, war bestimmt irgendeine gute Seele draußen unterwegs und würde gleich das Schlimmste argwöhnen, Bürger sind eben Lästermäuler im Dienste abscheulicher Gedanken.

Der Mann mochte um die vierzig sein, sah ganz passabel aus, na ja, wie man eben aussieht in diesem kanonischen Alter. Ganz schön dreist, ihn auf diese Weise anzumachen, quasi vor dem eigenen Haus, das würde er Agathe erzählen, nein, nicht ihr, aber seinen Freunden, die würden ihn damit bestimmt nicht aufziehen, denn wahrscheinlich passierte so etwas auch ihnen. Vivien blickte auf den Unbekannten.

»Endlich kommen Sie zur Vernunft«, sagte der. »Wenn Sie zehn Minuten haben und mich anhören wollen, gehen wir ins Café da gegenüber.«

»Nein, ich habe schon Verspätung.«

»Sie sind nie pünktlich, nie der erste bei einem Rendezvous, da lege ich die Hand ins Feuer.«

»Sie würden sich verbrennen. Ich bin sogar zu früh dran, aber ich bummle, lass die Zeit vergehen, das ist eine Frage …«

»… der Selbstachtung.«

»Wollen Sie mich beleidigen?«

»Reden Sie nicht so laut, man schaut schon auf uns.«

»Die zählen nicht, das sind Bullen.«

»Gut, sollen die vielleicht nach Ihrem Ausweis fragen? Nein! Dann denken Sie mal über das nach, was ich Ihnen jetzt sage.«

Nach einer Weile fügte er hinzu:

»Ich will Ihre Jugend.«

»Und das nennen Sie einen ehrenwerten Vorschlag!«

»Es geht nicht um das, was Sie mit der Selbstgefälligkeit, sagen wir mal, Ihres Alters glauben. Denken Sie gut darüber nach.«

»Obendrein«, überlegte Vivien, »fordert der mich noch auf nachzudenken, das ist ein Spinner, der nichts zu tun hat, wie kann ich den am schnellsten loswerden?«

»Sie hören mir nicht zu.«

»Was wollen Sie eigentlich?«

»Sie!«

»Das ist wenigstens ein offenes Wort. Ich habe Ihnen schon gesagt, dass Sie Ihre Zeit verschwenden.«

»Und ich habe Ihnen schon gesagt, dass es wirklich nicht um das geht, was Sie sich einbilden. Von kleinen Sexgeschichten keine Rede. Seien Sie vernünftig.«

»Was ist dann: meine Jugend?«

»Ihre Art zu leben, sich zu bewegen, zu fühlen … zu sein, kurz gesagt.«

»Mehr nicht!«

Vivien lachte schallend:

»Wir sollten uns jetzt verabschieden, Sie sparen sich …«

»Ersparen sich, wenn es Ihnen recht ist, mein junger Freund. Das ist der korrektere Ausdruck, und ich möchte Ihnen wenigstens beibringen …«

»Wollen Sie mich weiter ver…«

»Keine Grobschlächtigkeiten. Das ist ungezogen und passt nicht zu Ihnen.«

»Ich wollte sagen: verhohnepipeln. Auf Wiedersehen!«

»Auf Wiedersehen. Wir sehen uns also morgen wieder.«

»Das war nur so hingesagt, Sie sind nicht ganz dicht!«

»Auf Wiedersehen heißt: auf Wiedersehen. Denken Sie ein bisschen logisch. Und außerdem liegt mir viel an Ihrer Jugend, die will ich um jeden Preis, hören Sie: um jeden Preis.«

»Ich bin nicht zu kaufen, Schluss jetzt.«

»Jeder Mensch hat seinen Preis, sagte Cromwell, jemand, von dem Sie wahrscheinlich noch nie gehört haben, aber der kannte sich damit aus. Ich gehe jetzt. Also bis morgen, gleiche Zeit, in dem Café, wo Sie immer Ihre Vorlesungen schwänzen, beim Diderot-Denkmal. Dann erkläre ich Ihnen Punkt für Punkt unseren Pakt.«

»Warten Sie! Was soll …«

Der Mann hatte bereits die Straße überquert und verschwand hinter der Polizeiabsperrung.

»Na so was!« rief Vivien laut. »Der schlüpft problemlos durch, wie ein Dieb. Mich hätten sie bestimmt aufgehalten.«

Die Blätter der Bäume schimmerten fröhlich in der Sonne an diesem Frühlingsmorgen, wie an jedem anderen. Der Boulevard Saint-Germain war leer oder beinahe, Ferienstimmung lag in der Luft, ein Hauch von Freiheit: keine Autos, ein klarer Himmel ohne die üblichen Abgasdämpfe, nur ein paar dahintreibende Wölkchen, die Heiterkeit verströmten.

Maxime zögerte zwischen zwei Tischen auf der Terrasse, entschied sich dann aber für einen gleich hinter der Glasscheibe, von wo aus man den Eindruck hatte, Diderot schreibe an die Hauswand gegenüber. Geschmackssache, er konnte dieses Denkmal des Enzyklopädisten nicht ausstehen, und er nannte ihn auch nie anders, so als leide der Mann an einer komplizierten und hoffnungslosen Krankheit. Ein Ausländerpärchen beschriftete zwischen den Überresten seines Frühstücks einen Stapel Postkarten. Weiter hinten, fast im Dunkeln, wartete der Kellner, Wischtuch in der Hand, als wolle er die Gäste verscheuchen.

Vivien, der Verspätung hatte, setzte sich auf die Terrasse. Da er den Unbekannten vom Vortag nicht sah, dachte er, dieser habe ihn zum Narren gehalten und versetzt. Weshalb war er überhaupt hergekommen? Das hatte wirklich keinen Sinn, vor allem keinen Realitätssinn. Zum Glück hielt ihm die Geschichte vom Vortag Agathe ein wenig vom Leibe, denn sie würde wohl ein, zwei Tage böse sein. Er bestellte einen Kaffee, schlug die Morgenzeitung auf, die er im Vorbeigehen gekauft hatte, um seine Unsicherheit zu überspielen, falls … Er las gerade die Sportseite, als der Kellner den Kaffee vor ihm abstellte, ihm die Zeitung aus der Hand riss und mit hineinnahm.

Nach einem Augenblick der Fassungslosigkeit sprang Vivien auf und wollte diesem Irren einen Denkzettel verpassen. Kaum hatte er das Café betreten, erblickte er seine Zeitung, auseinandergefaltet, in unbekannten Händen. Vivien schnappte sie sozusagen im Fluge.

»Die gehört mir!« sagte er. »Oh, verzeihen Sie, ich wusste nicht, dass Sie dahinter stecken.«

»Ich werde mich nicht aus dem Staub machen wie gestern. Sie können Platz nehmen, hier sind wir ungestört. Ach, übrigens, mein Name ist Maxime.«

»Ich heiße …«

»Ich weiß: Vivien. Außerdem mögen Sie Ihren Vornamen, und er passt zu Ihnen.«

»Schluss mit den Liebenswürdigkeiten. Was wollen Sie von mir?«

»Das habe ich Ihnen doch gestern schon gesagt: Ihre Jugend. Augenblick. Nicht, was Sie vielleicht denken, auch das habe ich Ihnen bereits erklärt. Legen Sie Wert darauf, dass wir hier miteinander reden, wo jeder zuhören kann?«

»Ich habe nichts zu verbergen!«

Vivien wurde plötzlich nervös.

»Glauben Sie? Ich könnte Sie in Erstaunen setzen. Soll ich Ihnen zum Beispiel verraten, woran Sie gestern dachten, nach Ihrem verpassten Rendezvous? Ein paar Worte müssten Ihnen auf die Sprünge helfen.«

»Bitte sehr.«

»Die erstbeste, die mir ins Auge sticht …«

»Na ja«, unterbrach Vivien, »dazu braucht es keine große Einbildungskraft.«

»… mit Kleidern, im Stehen noch an der Tür …«

»Das reicht. Was wollen Sie mir beweisen?«

Vivien hatte keine Lust, sich die etwas schmutzige und hochpersönliche Fortsetzung dessen anzuhören, was er wirklich gedacht hatte.

»Ich muss mich also wiederholen. Geben Sie mir Ihre Jugend, ohne jede Einschränkung. Es geht um nichts Körperliches, in dem Punkt interessieren Sie mich nicht. Aber ich will sehen, wie Sie leben: wie weit Sie in Ihren Dummheiten gehen, was Sie retten werden und was Sie vollbringen, worin Sie scheitern und was daraus entsteht, zu welchem Mann Sie am Ende werden. Verstehen Sie mich richtig. Natürlich kann ich nicht in Ihre Haut schlüpfen, das wäre viel zu schön, außerdem will ich nicht verzichten auf all das, was ich weiß. Sie werden also mein Ersatzmann sein, denn Sie sind das, was ich gern noch wäre, äußerlich wenigstens. Oh, in Ihrem Alter machte ich eine überaus gute Figur, aber das ist Vergangenheit. Mit vierzig hat man diese Unschulds- und Siegermiene verloren. Ich will Ihnen keineswegs schmeicheln, Sie können ja nichts dafür, es ist einfach so. Reine Feststellung. Wenn man in Ihrem Alter Bescheid wüsste, bräuchte man später nicht betteln zu gehen, wie ich es gerade tue. Wieviel vergeudete Zeit, für nichts und wieder nichts! Ich kann Ihnen helfen.«

»Ich verstehe kein Wort von Ihrem Geschwafel. So alt sind Sie auch wieder nicht, und außerdem, wie können Sie meine Jugend bekommen?«

»Ganz einfach.«

Vivien überlegte, dass er besser so tat, als führten sie ein stinknormales Gespräch, aber seine Gedanken schweiften ab: Wie sollte er sich herausmanövrieren aus dieser …?

»Ich werde Ihnen beim Leben zuschauen«, fuhr Maxime fort.

Seine Stimme war jetzt leiser.

Vivien ertappte sich dabei, dass er mit größerem Interesse zuhörte, als er für möglich gehalten hätte. Was wollte der Mann von ihm, wenn es nicht ums Bett ging? Besaß er wirklich geheime Kräfte? Oder kroch er gerade einem Gauner auf den Leim, einem Spintisierer, einem Sektenmitglied, einem dubiosen Polizisten, einem ausgerasteten Psychoanalytiker?

»Grübeln Sie nicht weiter«, murmelte Maxime, als habe er den Irrweg seiner Gedanken verfolgt. »Übrigens, Maxime ist ein eigens für Sie erfundener Name. Irgendwann erfahren Sie auch meinen richtigen. Vorläufig ist er belanglos für unsere Geschichte.«

»Unsere Geschichte! Ich habe nicht das geringste zu schaffen mit …«

»… dem, der zu Ihnen spricht!«

Maxime lachte schallend und sagte, einer Frechheit zuvorkommend:

»Es könnte Sie erschrecken, wenn ich Ihnen gleich die volle Wahrheit einschenke. Schwer zu verdauen, und außerdem sind wir noch nicht soweit. Ist es Ihnen recht, wenn ich fortfahre? Ihr Schweigen nehme ich als Einverständnis. Ich werde also mit Ihnen leben, mit Ihnen als mein Stellvertreter. Fallen Sie mir jetzt nicht mehr ins Wort. Sie sind frei, ich werde nur da sein, wenn Sie eine Vertrauensperson brauchen. Dann erzählen Sie mir, was Sie möchten. Ich werde immer das Wahre vom Möglichen unterscheiden können und das Mögliche vom Erfundenen. Ich werde bei allem, was Sie tun, dabeisein. Zuhören, ohne dass Sie es merken. Und selbstverständlich, wenn Sie darüber hinaus noch mit mir sprechen wollen, brauchen Sie nur diese Nummer hier anzurufen.«

Ein Zettel lag plötzlich in der Hand des Mannes.

»Sehen Sie, das ist eine Nummer hier aus dem Viertel. Meine Wohnung liegt unweit der Ihren, wo, das erfahren Sie noch früh genug, wir bleiben einander also nahe, aber incognito. Andererseits, wenn es Ihnen Angst macht, mir Ihre

Geheimnisse zu erzählen, können Sie auch alles aufschreiben. In ein Notizbuch, verschlüsselt, wenn Ihnen das lieber ist und Sie die nötige Geduld aufbringen. Einen Ratschlag noch: Schreiben ist leichter als Reden. Man befreit sich. In Ihrem Alter hat man Angst vor gewissen Wörtern, wenn man sie ausspricht. Nicht die schmutzigen, nein, die sind Alltagsvokabular heutzutage, aber Wörter, die Ihr Herz preisgeben.«

»Sieh an«, unterbrach Vivien gereizt, »das ist ja etwas ganz Neues! Zuerst kommt das Herz, dann erst der Sex, wie auf einem Sofa.«

»Ihr Herz macht Ihnen also Angst?«

»Ich hab keine Angst.«

»Und ob! Gehen Sie in sich, das kommt wahrscheinlich nicht häufig vor. Sie sind selbstsicher? ein bisschen oberflächlich, hm? Einfache Gefühle, weiter nichts.«

»Sie gehen mir auf die Nerven.«

In letzter Sekunde verschluckte Vivien ein ordinäres Wort.

»Ich glaube, Sie sind verrückt. Der Trick mit der Zeitung war mit dem Kellner abgesprochen. Und ich habe mich entschuldigt!«

»In dem Augenblick habe ich wirklich gewusst, dass ich Sie sein wollte. Es ist so ungewöhnlich, ein Bursche in Ihrem Alter, der *Verzeihen Sie* sagt.«

»Aber der Kellner ist verrückt, das sieht man auf den ersten Blick.«

»Sie glauben wohl, Sie leben in einer Irrenanstalt!«

Der junge Mann lachte schallend. »Der Mund eines Raubtiers«, dachte der Mann. »Herzhaft ins Leben beißen, das hat einen Sinn«, doch wozu beschreiben, was er vor sich sah, er musste die Diskussion auf später verschieben, er hatte das Samenkorn in fruchtbare Erde gelegt, und morgen …

»Wir sehen uns ein andermal«, sagte er und stand auf.

Der junge Mann musterte ihn:

»Sie verduften schon wieder!«

In dem Augenblick erschien der Kellner, griff sich von neuem die Zeitung und fuchtelte mit seinem Wischtuch, was so viel bedeutete wie, man müsse etwas bestellen oder den Platz räumen. Maxime nutzte die Gelegenheit und verschwand. In Null Komma nichts saß Vivien allein vor einem schwarzen Kaffee.

»Zwanzig«, verkündete der Kellner barsch.

»Kennen Sie den Herrn, der gerade hier war?« fragte Vivien und zählte das Geld auf den Tisch.

Der Kellner kassierte, zuckte die Achseln und kehrte ihm den Rücken.

Zwei Tage später hatte Julien ein Abenteuer mit Agathes bester Freundin, er wollte sie bestrafen, weil sie am Tag der Demonstration nicht auf ihn gewartet hatte und ihm seither die kalte Schulter zeigte. Kaum war er aus dem neuen Bett gestiegen, noch während er seine Unterwäsche anzog, reichte ihm die Sache schon. Er suchte immer das Unmögliche, war ständig auf der Jagd nach ewiger Leidenschaft. Bei dem, wonach er sich sehnte – Neues, koste es, was es wolle –, wäre es am besten gewesen, in die Universitätsmensa zu gehen und eine junge Ausländerin anzusprechen. Nachhilfe in seiner Sprache offerieren war ein ausgezeichneter Vorwand, die schlichtweg grauenhafte Alltagskost der Mensa schreckte ihn jedoch ab, seine Freunde meinten, es sei einfach zum Kotzen. Als er vor dem Eingang stand, dachte er: »Was zum Kukkuck suche ich hier?«, und ganz deutlich antwortete ihm eine Stimme:

»Du willst dich amüsieren!«

Er wandte sich um; es war so viel Gedrängel um ihn, dass er den Eindruck hatte, jemanden zu sehen, der schnell davonging. Sicherlich wieder Maxime. Als Vivien ihm auf den Boulevard Saint-Michel nachlief, fand er sich plötzlich in einer noch dichteren Menschenmenge. Er ließ sich von seinem Instinkt leiten, vergaß den Mann, den er suchte, und erlag schließlich einem Gesicht, aber der Nachmittag war so enttäuschend wie immer. Die Körper hielten fast nie das Versprechen des Lächelns. Es reichte ihm schnell.

Natürlich fiel er durch die Aufnahmeprüfung der Hochschule, hatte aber genug Punkte erreicht für eine Zusatzchance im Herbst und musste also den Sommer hindurch büffeln. Er vergeudete seine Zeit mit Nachforschungen aller Art. Sein Vater unternahm mit Freunden eine Kreuzfahrt, er war allein zu Hause. Mehrmals war er versucht, Maxime anzurufen. Einfach so, sagte er sich. Eines Abends wählte er schließlich die Nummer. Es klingelte viermal, dann war eine sachliche Stimme zu hören:

»Kein Anschluss unter dieser Nummer. Bitte schlagen Sie im Telefonbuch nach oder wenden Sie sich an die Auskunft. Kein Anschluss …«

Das hatte er sich schon gedacht: ein Scherz. Er wollte jedoch sichergehen, um Maxime, falls er ihn wiedersehen sollte, der Lüge zu überführen und Schluss zu machen mit dem absurden Spiel. Er wählte die Nummer noch einmal, jemand nahm ab. Am anderen Ende der Leitung waren Atemzüge zu hören.

»Das sind doch Sie!« sagte er, mehr behauptend als fragend. »Antworten Sie. Halten Sie mich nicht länger zum Narren. Immerhin rufe ich Sie an. Mir ist nicht zum Lachen. Auf dem Boulevard Saint-Michel sind Sie mir nachgegangen, stimmt's? Dann wissen Sie auch, dass ich keine erfreuliche Begegnung hatte. Ich bin in niemanden verliebt. Heute war ich ganz umsonst draußen, das passiert mir sonst nie. Sie haben mich verhext!«

»Jetzt ist das hübsche Wort ausgesprochen«, sagte Maxime. »Ich habe Sie übrigens nichts gefragt; Sie reden aus freien Stücken.«

»Was wollen Sie mir unterstellen? Seit ich Ihnen begegnet bin, läuft alles schief.«

»Nervös, nervös! Sie wollen alles, und alles sofort. Man muss ein bisschen verschlagen sein im Umgang mit jungen Damen. So wie diese selbst! Etwas mehr Realist.«

»Ich bin kein Realist!«

»Ah, das weiß ich sehr wohl! Trotzdem werden Sie einer, sobald es ums Poussieren geht, falls dieser altmodische Ausdruck Ihnen noch etwas sagt.«

»Davon also soll ich Ihnen erzählen?«

»Keineswegs. Kenne ich bestens. Ist immer das gleiche, oder fast immer. Ich könnte sagen: ein Schlag ins Wasser. Aber das gehört zum Drumherum.«

»Wie? Was meinen Sie mit ›Drumherum‹? Reden Sie Klartext.«

»Sie müssen schneller sein. Oder verblödet Sie die Sexualität? Das kommt häufig vor bei Burschen Ihres Alters.«

Vivien antwortete nicht; er war in die Falle gegangen, er wusste nicht, wie er sich aus der Affäre ziehen sollte, aber Maxime sprach weiter:

»Sie fürchten sich vor der Schönheit, Sie werden angezogen von ihr und gepeinigt. Sie wissen nur allzu gut, dass auch Sie eine Pein für die anderen sein können … Ich habe Ihnen einen Pakt vorgeschlagen. Ich verfolge Ihr Leben, ich bin überall, wo Sie sind, ich beobachte alles, was Sie tun, aber – ich sage *aber* – ich werde nicht eingreifen.«

»Jetzt geben Sie's zu!«

Vivien rebellierte.

»Sie sind ein Voyeur!«

»Nein. Ich kann Ihnen helfen, ohne wirklich immerfort an Ihrer Seite zu sein. Außerdem müssen Sie mir Ihr Tun und Denken gar nicht erzählen, mir genügt es, Ihr Abbild in einem Schaufenster zu sehen, hinter einer Autoscheibe, in Ihrem Badezimmerspiegel, irgendetwas von Ihnen, irgendwo …«

»Sie sind durchgeknallt. Und was weiter?«

»Sie werden schon sehen. Seien Sie nicht so selbstgewiss. Und jetzt: Guten Abend. Träumen Sie schön.«

Seine Träume in dieser Nacht waren seltsam und alles andere als schön. Vivien verbrachte die Nacht auf dunklen Fluren, die kein Ende nahmen, auf menschenleeren Straßen, in verlassenen Häusern, die tiefes Dunkel umhüllte. Er suchte irgendetwas oder irgendwen, konnte sich aber partout nicht erinnern, wen oder was. Ständig war er unterwegs von einem Ort zum andern, immer kurz davor zu begreifen …

Als er die Augen aufschlug, war hellichter Tag, er hatte die Vorhänge in seinem Zimmer nicht zugezogen, was er sonst immer tat, denn er konnte nur in völliger Finsternis gut schlafen, und Sonnenschein verursachte ihm schlechte Laune. Ihm war, als spüre er das nächtliche Hinundhergelaufe in seinen schmerzenden Waden und als täte er besser daran, sich bis zum Abend daheim auszuruhen. Schließlich war er allein: die Putzfrau, die sich während der Abwesenheit seines Vaters um die Wohnung kümmerte, würde es bestimmt nicht wagen, ihm auch nur die kleinste Vorhaltung zu machen wegen seines liederlichen Lebens.

Sein Vater, seit sieben Jahren Witwer, war selten zu Hause. Vivien verdächtigte ihn, eine Liebschaft zu haben. Das war ganz normal, doch einer gewissen Schamhaftigkeit wegen bewahrten alle beide Stillschweigen. Vivien gab sich damit zufrieden. Immerhin war er selber nicht fähig, seine Jagd nach reiner Sinnenlust einzugestehen, die ihn so weit trieb, dass er sein Studium schleifen ließ. Er war nicht verantwortlich für sein Temperament, für seinen Körper, für – und jetzt regte sich in seinem Herzen ein Anflug von Stolz – sein Gesicht.

»O doch«, antwortete sein innerstes Ich; »erinnere dich an den Satz von Maxime: Ab zwanzig ist man verantwortlich für sein Gesicht. Alles, was man tut, steht da geschrieben wie auf einer weißen Seite. Darum sehen manche Gesichter aus wie Sudelbücher von …« Enerviert brachte Vivien die Stimme zum Schweigen, indem er rasch einen Schlager trällerte.

Nach seinem Geschmack vergingen die Tage allzu langsam, doch immerhin so schnell, dass plötzlich eine Prüfung auftauchte oder eine Entscheidung, die gefällt, eine große Anstrengung, die unternommen werden musste. Er zog sich jedesmal aus der Affäre, manchmal mit knapper Not, wie das eben so ist, wenn ein Faulpelz sich mächtig ins Zeug legt. Um sich von den Strapazen zu erholen, stürzte er sich augenblicklich in die Jagd nach neuen Abenteuern.

Und so kam es immer wieder zu unerwarteten Begegnungen mit Maxime. Abends, wenn er gerade das Haus verließ, oder häufiger nach einer – körperlich – heißen Nacht, wenn der junge Mann vollkommen erschöpft endlich schlafen gehen wollte.

»Ich halte Sie nur eine Sekunde auf«, sagte Maxime. »Sind Sie glücklich?«

Und ohne eine Antwort abzuwarten:

»Kosten Sie es aus, dieses Lotterleben, bald werden Sie sich entscheiden müssen.«

»Wofür entscheiden?«

»Gehen Sie einstweilen ruhig schlafen. Die Kräfte regenerieren sich im Schlaf, und der Geist ist freier ohne den Körper.«

Und nach diesem Sinnspruch ließ Maxime ihn stehen.

Vivien stieg hinauf in sein Zimmer. Hätte er nicht besser daran getan, sich weiter zu vergnügen, als halb ausgezogen aufs Bett zu fallen, ohne richtig hineinzuschlüpfen? Nein.

Zerwühlte Betten zu jeder Tageszeit gab es genug in seinem Leben. Aber der Schlaf kam nicht sofort. Maximes Worte entfalteten ihre Wirkung in seinem Innersten. Widerstrebend versuchte Vivien, sie zu durchschauen. Er dachte nicht gern über entmutigende Dinge nach, und was der Mentor sagte, der sich ihm gegen seinen Willen aufgedrängt hatte, ließ leichte Unruhe keimen in seinem Gemüt.

Er führte immer noch das Leben eines jungen Mannes, der gut aussieht und sich deshalb nicht weiter schert um den nächsten Tag. Mehr schlecht als recht bestand er einige Prüfungen, und nachdem er seine beruflichen Pläne mehrmals über den Haufen geworfen hatte, begnügte er sich damit, Fremdsprachen zu erlernen, und lebte mal ein paar Monate in London, mal in Deutschland oder verbrachte längere Ferien in Rom oder Florenz. Als er fünfundzwanzig wurde, beschloss sein Vater, ihn einem seiner besten Freunde zu empfehlen, der eine Privatbank leitete.

Die sechs Monate Ausbildung waren so sterbenslangweilig, wie er befürchtet hatte. Maxime war aus seinem Leben verschwunden, doch Vivien fühlte sich immer noch bespitzelt. Wieso? Das hätte er nicht genau sagen können, es war eher das Gefühl einer Gegenwart in Augenblicken, da ihm lieber gewesen wäre, wenn keiner gewusst hätte, was er tat, so als warnte ihn ein sechster Sinn: »Jemand sieht dich«, und das auch bei vollständiger Dunkelheit. Daraus zog er den Schluss, Maxime besitze okkulte Kräfte, habe selbst aus der Ferne Macht über ihn und er müsse sich unter allen Umständen von ihm befreien.

Nichts lief wie gewünscht. Die Liebesgeschichten, die immer noch seine Hauptsorge waren, wechselten in rasantem Tempo; in der Bank beschäftigte sich seine Abteilung – wo er dank Empfehlungen untergekommen war, die ihn vor allem, außer vor der Langeweile schützten – mit den Börsenbewegungen multinationaler Unternehmen. Es ging um

Millionen, die von einer Hauptstadt zur anderen gondelten, nach den faszinierenden Gesetzen der Immoralität. Dennoch war es nervtötend, auf einem Bildschirm hypothetischem Geld hinterherzuschauen.

Ganz so als fessle ihn sein Beruf, informierte sich Vivien über diese Geschäfte, studierte das Verhalten der Börsenplätze, spekulierte mit den Zeitzonen, träumte, grübelte, handelte. Zu den Dingen, die er gelernt hatte, gehörte der Umgang mit dem Computer. Er schmuggelte eine relativ bescheidene Summe unter die Riesenbeträge, die in Umlauf waren, und zwar von Zürich nach Tokio, nach Frankfurt, nach New York, dann kehrte er die Reiserichtung so lange um, bis das Geld sich vermehrt hatte und verschwand. Er allein wusste noch, wo dieses fiktive Geld versteckt lag. Wochen vergingen, nichts geschah. Auf einer fernen Karibischen Insel wartete bares und gutes Geld auf seinen Besitzer.

Um diese Zeit beschloss der Vater, eine Aussprache zwischen ihnen beiden sei vonnöten. Er war jetzt seit elf Jahren Witwer, wollte sich wieder verheiraten und bei der Gelegenheit alle Verpflichtungen gegenüber seinem Sohn loswerden. Er überließ Vivien Hab und Gut, das von seiner Mutter stammte, insbesondere die Wohnung. Der Junge sollte fortan sein Schicksal selbst in die Hand nehmen. Der Ausdruck ließ Vivien innerlich zusammenzucken. Alles, was ihm bisher selbstverständlich schien, wurde zur Last; solange er die Wohnung allein nutzte, war sie ihm ein weitläufiges Paradies; sie ausschließlich für sich zu haben konnte sehr bald zu einem Alptraum werden. Er hatte keinen Sinn für die Wirklichkeit. Ein Zuhause haben bedeutete ihm nichts. Sicher, er wollte unabhängig sein, ohne irgendwelche Verpflichtungen. Besitz war ihm nicht wichtig, auch nicht bei seinen amourösen Eskapaden, wo er nach dem ersten Taumel schnell wieder seine Freiheit brauchte. Nicht einmal eine leichte Hand auf seiner

Brust konnte er dann noch ertragen, es war, als hindere man ihn am Atmen.

Wenn der Gedanke, er führe ein zielloses Leben, flüchtig in sein Bewusstsein drang, erstickte er ihn. Er war noch so jung, was kümmerte ihn eine stabile Zukunft. Allein dieses Adjektiv bereitete ihm Übelkeit.

Er versuchte sich in mehreren Jobs, die er stets auf sein Äußeres hin bekam: Sekretär eines Politikers, Redakteur in einem Kinderbuchverlag – und das wollte nicht viel heißen –, dann wieder Sekretär in einer Galerie für internationale Kunst, auch das würde ihn nicht lange halten können. Er war vor jemandem auf der Flucht.

An einem späten Oktobernachmittag tauchte plötzlich Maxime wieder auf, zu einer Vernissage in der Galerie, die an der Avenue Matignon hyperrealistische amerikanische Gemälde ausstellte. In diesen Bildern war die Detailgenauigkeit obsessiv, unerträglich vor krankhafter Exaktheit. Ringsherum verloren der Raum, die Besucher, die Straße jenseits der großen Fensterscheiben jede Realität. Man kippte in einen befremdlichen Alltag angesichts dieser Gemälde, die von einer allzu wirklichen Welt sprachen und, wie der Katalog behauptete, die eigene Umgebung so falsch werden ließ wie ein Trompe-l'œil.

»Sie wirken weder überrascht noch erfreut, mich zu sehen. Haben Sie gelesen, was in dem Begleitbuch steht?«

»So etwas heißt Katalog«, bemerkte Vivien, hocherfreut, seinen Besucher korrigieren zu können; »und ich arbeite hier.«

»Das weiß ich. Ich frage Sie, ob Sie es wirklich gelesen haben? Die Irrealität unserer Realität! Das ist Ihr Leben, nicht wahr? Bisher ist es Ihnen doch nur gelungen, von einem Begehren zum nächsten zu schweifen, und Sie irren weiter wie ein Blinder.«

Während dieser Worte hatte er den Katalog gefaltet und tippte damit auf Viviens Unterarm.

»Schauen Sie sich dieses Bild hier an, all die Leere …«

In diesem Augenblick kam ein Kellner mit einem Tablett vorüber, Vivien nahm zwei Kelche und wollte einen Maxime geben, aber dieser schien es zu übersehen.

»Bevor ich anderswo den Charmeur spiele«, sagte er, »darf ich Sie noch kurz fragen, was Sie mit Ihrem, sagen wir … fernen Konto zu tun gedenken. Unrecht Gut, Sie wissen ja, wie's weitergeht …«

»Das ist doch Geld, das vorher nicht existiert hat.«

Vivien senkte die Stimme.

»Politiker, Finanz- und Geschäftsleute machen viel Schlimmeres. Und außerdem, es bleibt, wo es ist, ich hab's nicht angerührt. Ich habe mich, kurz gesagt, nur amüsiert. Ich will …«

Maxime lächelte, dann spazierte er zur hinteren Wand, wo ausgerechnet das leerste Gemälde hing: *Zimmer in Manhattan, später Winternachmittag.* Auf dem Bett wartete ein Smoking, es gab keinen anderen Ausdruck für dieses Wesen aus Stoff, das auf der Bettdecke lag; eine untergehende Sonne warf ein Fenster auf die Erde; eine Tür stand offen zu einem anderen Raum, wahrscheinlich für alle Ewigkeit; auf dem stummen Teppichboden war ein kleiner Fleck, und alles ordnete sich drumherum, so wie ein Roman um eine Figur angelegt ist. Das Leben schien stillzustehen, auf gewalttätige Weise abwesend und zugleich kurz davor, wieder hereingestürmt zu kommen zwischen die wenigen Möbel.

»Nein«, dachte Vivien, »ich will nicht.« Wogegen wehrte er sich? Er versuchte mit Maxime zu sprechen, dieser aber schien ihm auszuweichen, und jedesmal, wenn Vivien zu ihm wollte, hielt ihn irgendwer auf. Er musste sogar den zweiten Champagnerkelch, als habe er ihn eigens für sie herbeigeholt, einer Frau überreichen, die am Arm des Galeristen daherkam. Auf einmal hatte er das Gefühl, wider Willen über das zu reden, was an den Wänden hing. Man hörte ihm zu, und von dem Augenblick an geriet er in einen Strudel. Was er sagte, vergaß er sogleich wieder, doch er war wortgewandt, so wortgewandt, dass selbst jene, die auf einer Vernissage den Wänden entschieden den Rücken zukehren, allmählich die Bilder anschauten. Maxime zwinkerte ihm sogar von weitem zu, bevor er sich in der Menge verlor.

Mehrere Gemälde wurden auf der Stelle verkauft, andere reserviert. Als die Galerie ihre Tore schloss, sagte der Chef:

»Sie waren phantastisch, lieber Freund. Sie werden sich Neider machen, hier im Haus. Toll, Ihre Rede über die Irrealität der Welt! Sie haben uns alle in bloße Gespenster verwandelt, oder soll ich sagen in Geister, als kämen unsere Besucher alle von da her.«

Er zeigte auf ein Bild an der Wand, das einen leeren Drugstore in der Nacht darstellte.

»Schauen Sie«, fuhr er fort, »überall die kleinen roten Punkte: verkauft, verkauft, verkauft! Und die Halbkreise, aus denen in dieser Woche noch gute Absätze werden. Die Presse wird mitspielen. Das ist ein Erfolg für eine Premiere dieser Art. Ein einziges Gemälde hat keinen Abnehmer gefunden, das an der hinteren Wand, dieses leere Zimmer, irgendwo. Mir scheint, darüber haben Sie nichts gesagt. Aber es ist spät, kommen Sie, wir gehen essen. Ich habe ein paar Freunde eingeladen. Madame de Plisse, die Dame in meiner Begleitung, haben Sie becirct. Sie hat eine ganze Wand gekauft. Die will übrigens auch Sie, da haben Sie Glück. Ein hübsches Vermögen!«

»Aber, Monsieur, ich bin kein Bild, und diese Frau …«

»Ich weiß schon, was Sie sagen wollen. Sie sieht so alt aus, wie sie ist, aber ihr Geld ist jung. Los, kommen Sie essen!«

»Vielen Dank, Monsieur, aber ich bin überanstrengt. Ich meine: nervlich. Ich muss mich hinlegen, im Dunkeln.«

»Ihr jungen Leute heutzutage, ihr seid so zartbesaitet! Na ja, wie Sie möchten. Wir gehen über den Hof, dann können wir hinter uns die Alarmanlage einschalten.«

Als er ihm folgte, warf Vivien rasch noch einen Blick auf das *Zimmer in Manhattan*. Ihm war, als liege anstelle des Smokings Maxime auf dem Bett; der Fleck auf dem Boden war jetzt eindeutig dunkelrot.

Da er nicht heimwollte, gab er der Versuchung nach und rief eine junge Frau an, für die er bisher, einem Instinkt gehorchend, nie Zeit gehabt hatte. Und es war schlimmer, als allein zu sein: Véronique überschüttete ihn mit Sanftmut, er fühlte sich ausgesaugt wie von einem Vampir.

Diesmal war es extrem schwierig, Schluss zu machen, sie drohte mit Selbstmord. Er verbrachte grauenvolle Monate. Wenn die Liebe so aussah! In manchen Nächten hätte er sie am liebsten umgebracht, wäre da nicht bereits das zwielichtige Konto auf den Bahamas gewesen! Würde er in alles hineinpatschen, was verboten ist? Nicht dass ihn moralische Bedenken aufgehalten hätten, weit gefehlt, einfach nur die Vorstellung, seine geliebte Freiheit aufs Spiel zu setzen. Nach langem Sträuben rief er Maxime an. Diesmal klingelte das Telefon ins Leere, die Nummer gab es nicht mehr. Dreimal hörte er die gleiche Ansage. Er war gründlich angeschmiert.

Er verstand sich selbst nicht mehr, die Träume seiner frühen Jugendzeit waren geplatzt. Sein Leben ließ sich resümieren als Scheitern, Scheitern, Scheitern, obwohl man ihn um sein Gesicht beneidete. Es nützte nichts, so zu sein, wie er war, das Schicksal pfiff drauf jeden Tag, und sein Aussehen war nichts als ein vergänglicher Trost. Immerhin gelang es ihm, sich von Véronique zu befreien, doch er verstrickte sich in andere Komplikationen. Er hatte sogar eine kurze Affäre mit Michaël, einem ehemaligen Schulkameraden, dem er zufällig nach einem Diner in einem gerade sehr modischen Restaurant begegnet war. Sie gingen zusammen ein Glas trinken und landeten im selben Bett. Das läge nicht in seiner Natur, erklärte Vivien am nächsten Morgen freundlich, und daraufhin sahen sie einander nicht wieder, als gäbe es keine Grundlage mehr für ihre Freundschaft. Die Galerie in der Avenue Matignon trennte sich von ihm, er hatte sich kein bisschen um die reiche Käuferin mittleren Alters bemüht, die ihn schließlich zur Strecke brachte. Sie klagte über Missachtung, er über Nachstellungen, und der Galerist entschied sich für das, was Vivien die Kaufkraft nannte.

Er probierte alles, was ihm helfen konnte, vor der Leere in seinem Inneren zu fliehen, die ständig größer wurde, als stehle ihm jemand Stück für Stück seine Seele. Auf diese Weise verluderte er Monat um Monat. Äußerlich veränderte er sich nicht, alle anderen glaubten, er führe ein Leben voller Sinnenlust, ihm jedoch graute davor: immer die gleichen Gesten, der gleiche kurze Rausch, das gleiche Erwachen zu ebener Erde oder, genauer gesagt, viel tiefer. Er spürte, dass er älter wurde, nicht im Gesicht, sondern unter seinem Gesicht, man hätte meinen können, ein hinterlistiger Dämon habe es sich als Maske genommen und außerdem noch seinen Körper übergestreift.

Eines Morgens – sein neunundzwanzigster Geburtstag rückte näher –, als er prüfend in den Badezimmerspiegel blickte und nach einer stürmischen Nacht die schwarzen Ringe unter seinen Augen suchte – doch keine Spur davon fand –, konnte er sich plötzlich nicht mehr sehen, ein dunkler Beschlag trübte das Glas, verhüllte sein Bild, und nach einem leichten Gekräusel an der Oberfläche tauchte sein Gesicht wieder hervor. Nicht sein Gesicht, sondern das eines Unbekannten, der ihm ähnlich sah. Gewiss, das waren seine Züge, aber nicht ihr Ausdruck, die Augen vor allem, erfüllt von einer Melancholie, die ihm Angst machte.

Er arbeitete gerade für Federal Express, in der Abteilung, die besonders eilige Sendungen ausdrücklich zu eigenen Händen überbrachte. Weil an diesem Tag jemand fehlte, wollte es das Schicksal, dass er den Auftrag bekam, eine Sendung in das Büro seines Vaters zu tragen, mit dem er seit dessen Wiederverheiratung keinen Umgang mehr hatte. Der Bürodiener bat ihn zu warten, denn *Zu eigenen Händen* war doppelt und rot unterstrichen. Eine Sekretärin vertröstete ihn weiter, der Herr Direktor sei gerade in einer Besprechung. Vivien hoffte, es gebe mehrere Direktoren in einer so großen Firma, doch eine Polstertür ging auf und er stand vor seinem Vater. Reflexartig hielt er ihm den Brief entgegen. Die Sekretärin griff ein, bemächtigte sich des Umschlags und übergab ihn selbst. Ihre Brille, die an einem blauen Band hing, rutschte ihr plötzlich auf den dürren Busen. Vivien musste lachen, und die Blicke der beiden Männer begegneten sich. Der Junge spürte, wie sein Herz in einen Abgrund stürzte, er hoffte, doch er wusste nicht worauf, und es geschah nichts. Sein Vater unterschrieb, zog eine Banknote aus der Tasche und legte sie auf den Rückschein, der wiederum durch die Hände der Sekretärin wanderte. Vivien ließ das Geld auf den Boden fallen: Es war ihm gleichgültig, ignoriert zu werden, doch auf diese Weise wollte er sich nicht demütigen lassen.

Als er im Begriff war zu gehen, rief ihn die Stimme seines Vaters zurück. Eine Antwort sollte via FedEx überbracht werden. Der Sekretärin sagte Vivien, er müsse unter einer Nummer Bescheid geben, damit …

»Darum kümmern wir uns«, antwortete die bebrillte Dame. »Kommen Sie mit.«

Vivien blieb in dem Büro stehen. Hinter einem riesigen Schreibtisch in Schwarz und Gold kritzelte sein Vater ein paar Worte und musterte ihn dann. Für eine Sekunde meinte Vivien, Maxime vor sich zu haben, und musste sich an einer Stuhllehne festhalten. Die Sekretärin war hinausgegangen, eine Adresse zu holen.

»Stimmt etwas nicht?« fragte sein Vater, dann ohne Umschweife: »Du hast alles verschleudert, wie?, und getraust dich nicht, die Sache anzusprechen. Du hast dir diesen Trick ausgedacht, um dich hier einzuschleichen …«

»Nein.«

Vivien fasste sich allmählich; Maximes Gesicht war verschwunden, schon wieder Hexerei. Er aß nie pünktlich zu Mittag, vielleicht war er unterzuckert.

»Ich arbeite, wie's mir Spaß macht. Ich hoffte nur auf ein … «

Er konnte nicht weiterreden, die Sekretärin kam mit einem länglichen Umschlag zurück. Kaum hatte er ihn entgegengenommen, stand Vivien wieder draußen, ohne dass er seinen Satz hätte beenden können: »… nur auf ein freundliches Wort.«

»Was bin ich für ein Idiot«, dachte er, »der hat mich auch von der Landkarte seines Lebens gestrichen.« Unwillkürlich warf er einen Blick auf den Brief, den er in seine Agentur bringen sollte. Unter Maximes Name stand eine Adresse im 7. Arrondissement. Sein Vater und dieser Typ kannten sich also; die beiden schmiedeten irgendwelche Ränke gegen ihn. War er bloß ein Spielball? Wollten sie, dass er den Boden unter den Füßen verlor, also den Kopf? Er beschloss, dass er Paris so schnell wie möglich verlassen und, nicht auf direktem Wege, sondern im Zickzack, zu seinem spielerisch erworbenen Guthaben reisen musste, auf die Bahamas.

Am Anfang war alles einfach. Sein Konto schien unerschöpflich, er nahm Quartier in einem Luxushotel am Meer. Vor ihm lag ein Leben in Saus und Braus. Während der ersten Tage wiederholte sich das Zauberische der ersten Stunden. Er besaß Zeit, Wellen, Sonne, uneingeschränkte Freiheit. Unter einem Sonnenschirm Juleps trinken, träumen, jeden Abend ein hübsches Mädchen an seiner Seite, alles erschien ihm idyllisch. Dann wurde alles eintönig, dann ewiges Einerlei.

Bevor er zu Bett ging, legte er persönliche Gegenstände wie Uhr, Füllfeder, Pass, Brieftasche stets in die linke Nachttischlade, wo auch die übliche Bibel der Gideon Society in ihrem nachtblauen Pappeinband lag sowie eine diskrete mehrsprachige Mahnung, dass Gott irgendwo in unserem Bewusstsein existiere und dass wir in dem Augenblick, da wir nachts unsere Augen schlossen, nie sicher sein durften, hienieden wieder zu erwachen. Eines Morgens, als er diese Gegenstände wieder herausnehmen wollte, erblickte er neben der Bibel ein großes grünes Notizheft und konnte sich nicht erinnern, es am Vorabend gesehen zu haben. Er schlug es auf.

Mehrere Seiten waren bedeckt mit seiner Schrift. Tag für Tag waren, seit seiner Ankunft, neben allerhand Beschäftigungen seine verborgensten Gedanken vermerkt. Wann hatte er das getan? Stand er auf, in der Bewusstlosigkeit der Nacht, wie ein die Grabtücher abwerfender Lazarus, um die Geheimnisse seines Unterbewusstseins preiszugeben? Was er las, trieb ihm etlichemal Angst ins Herz und Schamröte ins Gesicht.

23. August. – Ich bin neunundzwanzig und habe keine Skrupel. Irgendwo auf der Welt befindet sich dieser Mann, der alles über mich weiß. Fast wäre mir eine Vergewaltigung lieber gewesen als diese seelische Vergewaltigung. Ich muss ihn loswerden. Berufskiller dafür anheuern? (»Das habe ich wohl nur geschrieben, damit indiskrete Augen, falls sie auf diese Seiten stoßen, ein Drehbuch zu lesen glauben«, dachte er.) Die Arbeit selber machen? Dazu fehlt mir der Mut. Wenn mich aber die Angst so weit bringt ... ein neues Leben würde beginnen und ich müsste nicht länger auf der Flucht sein. Gibt es überhaupt einen Ort, wohin die Blicke des Geistes nicht dringen?

24. August. – Das beständig schöne Wetter geht mir auf die Nerven, welch abgrundtiefe Langeweile. Ich habe genug von diesem ewig blauen Meer, dieser strahlenden Sonne, diesen auf den gleichen Liegestühlen mehr oder weniger gleich ausgestreckten Leibern, diesen Longdrinks, die auf träge Hände warten, diesen Liedern, die Hotelcombos mit exotischen Stimmen und Instrumenten wispern oder grölen, um die alte Leier zu übertünchen, diesen Luxusläden, in denen einem die Kauflust vergeht, diesem aufgesetzten Lächeln für reiche Leute und sogar davon, eine Haut zu haben wie niemand sonst ... Wenn ich zur Abwechslung doch einmal hässlich wäre! Ich habe den Eindruck, die Mädchen sehen mich selber gar nicht, sondern bloß die Leichtigkeit, die ich in ihren Augen verkörpere ...

25. August. – Mein Gott (es war das erste Mal, dass er diesen Namen gebrauchte), hör nicht auf das, was ich mir gestern gewünscht habe. Ich bin aufgestanden in der Nacht, um zu trinken, und hatte das Gefühl, anders zu sein.

26. August. – Gestern früh im Badezimmerspiegel habe ich mich so gesehen, wie ich es mir gewünscht hatte. Ich glaubte, das ganze sei eine Täuschung oder eine Kapriole meines Geistes, doch es nützte nichts, mit der Hand über den Spiegel zu fahren, ich war wirklich da, schmutzig und mit den unrasierten Wangen eines Zuchthäuslers – ich, der so glatte Wangen hat –, mit Ringen unter den Augen, ein x-beliebiges, nichtssagendes Gesicht. Ich habe den Kopf ins Wasser getaucht, aber ich träumte nicht. Ich bin wieder zu Bett gegangen, ohne zu kontrollieren, ob der Kerl im Spiegel verschwunden war. In der Nacht hatte ich sozusagen klar gesehen.

27. August. – Nachdem ich einen ganzen Tag eingesperrt verbracht habe – das Essen ließ ich mir aufs Zimmer bringen –, folgenden Entschluss gefasst: Zuerst duschen, ohne mich anzuschauen, dann hinunter in die Hotelhalle gehen, als Test, ob ich erkannt werde oder nicht.

In der Halle klärte mich eine Spiegeltür auf: Ich war der hässliche Kauz, den ich gesehen hatte. Dann ging ich bescheiden auf die Terrasse, um mir einen Tee zu bestellen und Fruchtsäfte und Toastbrot oder was auch immer, denn ich hatte einen Bärenhunger. Ich wählte den entferntesten Sonnenschirm, in der düstersten Ecke. Ich wollte darüber nachdenken, was nun zu tun sei, doch kaum hatte ich Platz genommen, umschwirrte mich ein Schwarm junger Schönheiten. Selbst jene, die mich bisher als den unvermeidlichen Gast betrachtet hatten, eilten herbei, um meine Wünsche zu befriedigen. Sie machten mir buchstäblich den Hof.

3. September. – Fast eine Woche lang hatte ich nicht die Kraft, diese Seiten aufzuschlagen. Ich bin erschöpft. Nicht mit einem, sondern mit zwei Mädchen habe ich meine Nächte verbracht. Und hätte ich noch mehr gewollt, ich hätte nur mit den Fingern zu schnippen brauchen. Ich fühle mich eklig und bin es auch. Mein Geld ist ihnen ziemlich schnuppe, obwohl ich glaubte, darin liege meine Anziehungskraft. Nein, sie wollen nur mich, sie haben mich sogar abwechselnd zum Abendessen eingeladen. Heute nacht will ich schlafen.

4. September. – Ich habe versucht, über den Jungen zu reden, der in den vergangenen Tagen hier war (ich, natürlich, vor dieser Verwandlung). Sie wirkten desinteressiert und dann, als ich nicht lockerließ, angewidert. »Ach der, was soll's? Der hält sich für unwiderstehlich, macht einfach alles, um zu gefallen. Sollen wir ihn herschaffen? Wäre doch lustig, wenn er mit uns konkurrieren müsste!« Ich protestierte, wurde sogar grob, um sie von diesem Einfall abzubringen, denn sie amüsierten sich bei der Vorstellung, »das zu sehen«. Das wäre ja der Gipfel, sagte ich mir im stillen. Zum Glück war es unmöglich: der andere Junge (ich, in jener Gestalt) hatte, wie es hieß, das Hotel verlassen.

15. September. – Meine Nächte wiederholen sich. Nicht die geringste Eifersucht entzweit meine Eroberungen. Sie halten mich für den Jungbrunnen, an dem sie sich laben wollen, und währenddessen komme ich mir selbst immer abscheulicher vor. Das heißt, immer unwiderstehlicher, in ihren Augen. Mir graut vor ihnen.

27. September. – Das muss ein Ende haben.

29. September. – Gestern habe ich mich mit widersprüchlichen Gefühlen herumgeschlagen. Nur eines steht fest: Maxime muss beseitigt werden. Ich weiß nicht wieso, aber er ist hier in der Nähe. Ich schreibe nur wegen ihm, er hat es mir eingeredet, zwar nicht über meine Schandtaten, doch immerhin über ihre Folgen. Die Liebe habe ich noch immer nicht gefunden. Das möchte ich gern, selbst wenn ich die Begierden meines Körpers opfern müsste.

Vivien dachte, es sei nun wirklich an der Zeit, etwas zu unternehmen. Als erstes musste er dieser goldenen Falle entkommen. Sein Gepäck würde er zurücklassen. In der Nacht, während seine Eroberungen in erquickendem Schlaf lagen, schlüpfte er durch das große Fenster seines Badezimmers, das auf den Strand ging. Er lief zu einem billigen Motel, wo niemand nach ihm suchen würde. Hier, auf einem üblen, quietschenden Bett flehte er den Himmel an, ihm sein ursprüngliches Aussehen wiederzugeben. Er fiel auf die Knie und murmelte ein Gebet, das er gewiss seit seinem dreizehnten Lebensjahr nicht mehr gesprochen hatte. Dann verstopfte er alles, wo Licht hereindringen konnte, und sank in tiefen Schlaf.

Als er erwachte, schimmerten schwache Lichtstreifen zwischen den Lamellen der Jalousie. Sein erster Gedanke war, seine Haut anzufassen, zunächst die Schulter, dann den Hals, als fürchte er sich vor seinem Gesicht. Als seine Finger über die Wangen glitten, wusste er, alles war wieder normal, seine Haut hatte die gewohnte Elastizität und Samtigkeit, sein Kinn die markante Kontur. Der Spiegel vor der etwas schäbigen Dusche zeigte ihm, dass seine Finger nicht gelogen hatten. In der trüben Beleuchtung dieses Winkels sah er seine Augen glänzen. Nase, Mund, Lächeln, alles wie zuvor. Er hüpfte im Kreis und sang: »Wie zuvor, wie zuvor!« Fast hätte er sein Bild geküsst, begnügte sich aber damit, zärtlich über die Oberfläche des Spiegels zu streichen. Jemand hämmerte gegen die Wand, es war fünf Uhr früh, er machte zuviel Lärm.

Auf keinen Fall wollte er noch länger an diesem armseligen Ort bleiben. Er beschloss jedoch zu warten, bis seine Bank aufsperrte und für ihn Geld an eine ihrer amerikanischen Filialen im Norden überweisen konnte. Unterwegs verbarg er sich, aus Angst, irgendjemand aus dem Hotel würde ihn erkennen. Der Winter nahte, er wollte Schnee sehen, doch er zögerte: Das Landleben war nicht seine Stärke, er musste durch Straßen schreiten, sich in der Menge verlieren, wie um sich selbst zu vergessen. Ein Flugzeug ging nach Miami, und er nahm es, denn Anschluss nach New York würde er leicht bekommen.

Während des Fluges dämmerte er vor sich hin, träumte in seinen Sitz geschmiegt, als ihm plötzlich vorkam, jemand setze sich neben ihn. Dabei waren doch genug Plätze frei. Er öffnete ein wenig die Augen; eine vertraute Stimme sagte leise:

»Man gönnt sich was: erste Klasse, Reise ohne Gepäck. Tja, auf den Bahamas floriert das Geschäft! Darum tummeln sich dort auch alle zwielichtigen Reichen der Welt. Noch besser sind die Cayman-Inseln, die ihren Namen nicht grundlos tragen. Keine Angst, ich fliege nicht nach New York, ich bleibe im Süden. Sie reisen allein weiter. Diese Begegnung ist purer Zufall. Vielleicht eine Klarstellung, eine sogenannte Gedankenübertragung. Es scheint, dass ich viel in den Ihren herumgeistere. Möchten Sie einen Gin Tonic? Ach! Ich vergaß, Sie trinken ja keinen Alkohol, nur Fruchtsäfte, der Grund für Ihre unverwüstliche Jugend. Kein Laster, nicht wahr: kein Tabak, keine Drogen! Was die Mädchen angeht, stehen die Dinge nicht ganz so gut, Sie halten keine fest. Zwei, drei Tage allerhöchstens. Gibt es dafür einen geheimen Grund? Sie finden weder Rast noch Ruh, Sie können nicht stillhalten. *Anderswo, morgen*, das sind für Sie immer noch magische Worte. Aber Sie werden entdecken: anderswo, das ist hier, und morgen haben wir bereits. Müßige Jugend, die sich an ihre Träume klammert … Pardon, an ihre Träume unterhalb der Gürtellinie!

Nein, ich verurteile Sie nicht, ich beschimpfe Sie nicht, ich bin kein Zyniker, höchstens ein trauriger Beobachter. Wissen Sie, so wie Vermittler bei internationalen Auseinandersetzungen, die nie Partei ergreifen, und wenn die Katastrophe eintritt, beglückwünschen sie sich, denn sie haben sie ja vorausgesehen. Schluss mit diesen Bemerkungen, sie sind Ihnen lästig ... Doch, doch, Sie sagen zwar nichts, aber ich kann es von Ihren Augen ablesen. Schöne Augen, das muss ich zugeben. Um genau zu sein: Ich bleibe in Miami, ich werde erwartet. Mein Ticket nach New York gehört Ihnen. Ich war so frei und habe den Namen ändern lassen, als ich Sie auf der Passagierliste sah. Und um Ihnen zu beweisen, dass ich großzügig bin und Sie trotz allem mag: Sie bekommen auch meine Suite im Hotel Pierre. New York ist überfüllt, Saisoneröffnung in der Metropolitan, Sie hätten Schwierigkeiten, ein konvenables Logis zu finden. Der Luxus ist es, was Sie zugrunderichtet, er zermürbt den Willen ... Übrigens eine wunderschöne Suite, sie wird Ihnen sehr gefallen. Und Sie werden ein bisschen an mich denken. Noch etwas, bevor ich Sie verlasse. Sie führen Tagebuch – dieses Heft, das ich in Ihrer Reisetasche sehe –, eine famose Idee, die ich Ihnen glücklicherweise eingeflüstert habe, Sie werden sehen, wie man die kleinen Details des Lebens abwirft und wie auf einmal das Wesentliche hervortaucht, als würde man mit einem Fernrohr plötzlich das wichtigste Detail einer Landschaft entdecken. Auf Wiedersehen. Ach! Nehmen Sie doch einen Gin Tonic. Stimmt schon, in Ihrem Alter mochte ich den auch nicht; aber einmal ist keinmal, wie das Sprichwort sagt. Sie werden selig landen und in schönster Euphorie umsteigen. Alles wird Ihnen leicht erscheinen, selbst eine Dreiviertelstunde zu warten. Sagen Sie nicht nein, wenn die Stewardess vorbeischaut. Genießen Sie Ihre letzten freien Stunden. Ja, frei ... Sie werden schon sehen.«

Vivien konnte nicht antworten. Alle diese Sätze drangen tief in sein Herz. Maxime entschwand, als die Stewardess mit einem Tablett kam.

»Ihr Gin Tonic, mein Herr.«

Der zitronig prickelnde Geschmack am Anfang war sehr erfrischend, doch als das Glas beinahe leer war, begann der Alkohol zu wirken. Vivien fühlte sich als König der Welt.

In New York wurde er erwartet, die Reservierung lautete auf seinen Namen. Die Suite bestand aus einem weitläufigen Salon, einem Bad, das man als riesig bezeichnen konnte, und einem Schlafzimmer, das groß wirkte und zugleich leer. Von dieser Etage sah man ungeheuer viel Himmel.

Da er ohne Gepäck ankam, abgesehen von seiner Reisetasche, die verloren aussah mitten in diesem Salon, musste er losziehen, um sich Kleider und Schuhe zu kaufen. Nur Toilettenartikel lagen bereit. Mehrere Tage vergingen mit Einkäufen. Die Pakete türmten sich im Salon, bald war er mit allem ausgestattet, denn er besaß eine Mannequinfigur, und Änderungen erwiesen sich als überflüssig. Maßanfertigung mochte er nicht, doch er fand mühelos Dinge, die leicht waren, geschmeidig und von erlesener Qualität. Er verbrachte fast sechs Tage mit diesem Treiben, das ihn am Ende nicht mehr amüsierte, doch während all dieser Zeit hatte er sein Zimmer kaum angeschaut, denn er sah es nur im Schein der Nachttischlampe, wenn das Bett bereits aufgedeckt war für die Nacht. Auch beim Aufstehen schenkte er ihm keine Beachtung, immer in größter Eile, denn nach einem Abstecher ins Badezimmer sank er auf eines der Kanapees im Salon, um sich in wohliger Trägheit das Frühstück schmecken zu lassen. Und die Stunden des Tages vergingen wie im Flug.

Dann blieb nichts mehr zu wünschen übrig, nicht einmal ein Smoking, den er auf gut Glück ebenfalls schon gekauft hatte. Bei diesem Stand der Dinge überreichte man ihm an der Rezeption einen Umschlag mit einer Eintrittskarte –

»auf Ihren Namen reserviert, mein Herr« – für die Met, eine Galavorstellung, noch am selben Abend um neun. Bei der Eintrittskarte lag ein Billett »von Maxime, Ihre Sitznachbarin wird Ihnen vielleicht gefallen, ich hoffe es«.

Als er um vier zurückkam, um sich vor dem Ankleiden noch ein wenig auszuruhen, gewahrte er zum ersten Mal, was ihn umgab: Die französischen Möbel versuchten die Anmut eines Salons im Régencestil nachzuahmen, und die mit durchwirkter grüner Seide bezogenen Sofas waren so tief wie Gräber. Flaschen und Gläser schimmerten auf einer Anrichte. Er warf seine Kleider in eine Ecke, und nachdem er eine ganze Weile unter der Dusche vor sich hin geträumt hatte, lief er ins Schlafzimmer. Die untergehende Sonne klatschte wieder eines der Fenster auf den Teppich, das Rechteck war tatsächlich minutiös nachgezeichnet. Sein Smoking lag auf dem Bett mit einem passenden Hemd: der einzige Unterschied zu dem hyperrealistischen Bild war der fehlende Fleck auf dem Boden. Vivien amüsierte sich über die Ähnlichkeit, sah darin bloß einen ganz normalen Zufall, schließlich handelte es sich in beiden Fällen um ein Zimmer in New York.

In der Metropolitan jedoch erlebte er eine Enttäuschung, als sein Nachbar – ja, es war ein Nachbar – ihn ansprach. Doch zugleich meinte er einen vergangenen Augenblick noch einmal zu erleben.

»Ich weiß, wer Sie sind«, sagte ein schmaler, roter Mund; »auch ich bin ein Freund von Maxime. Mein Name ist Ochs, Baron Ochs. Wahrscheinlich wissen Sie, wer …«

Vivien tauchte in ein anderes Leben. Zuerst das Zimmer, das ihn von hier aus plötzlich sehr vertraut dünkte, dann dieser Herr in fortgeschrittenem Alter, mit dunkelvioletten Ringen unter den Augen, glattem und trotz seines Alters noch schwarzem Haar, denn es war nicht gefärbt, und vor allem mit diesem Lächeln, das im voraus etwas zu genießen schien … »meine Seele«, dachte er. »Ich sitze neben dem Teufel.«

»Keine Angst«, sprach der Baron weiter, »ich bleibe nur einen Akt. Die Frau, der dieser Platz gehört, ist kapriziös. Sie kommt immer zu spät. Nach der Pause wird sie hier sein. Und ich setze mich wieder in meine Loge. Aber jetzt beginnt schon die Ouvertüre, wir sollten uns diese so selten gespielte Musik anhören: *Die Mainacht.* Das ist grandios, zauberhaft … und es gibt darin sogar Hexen.«

Alles geschah, wie der Baron es vorausgesagt hatte. Nach der Pause, als die Lichter wieder erloschen, musste Vivien aufstehen, um die erwartete Frau vorbeizulassen. Er wusste nicht einmal ihren Namen. Sie war größer als er – gleich groß, wenn er die hohen Absätze wegrechnete. Sie musterte ihn eine Sekunde. Er hatte keine Zeit, sich vorzustellen. Als es auf der Bühne heller wurde, schielte er nach dem Profil seiner Nachbarin. Nur einmal, ohne ihn anzublicken, hob sie ihr kleines goldenes Opernglas, wie um auf die Bühne zu deuten und zu sagen, dass sein Manöver bemerkt worden war und er damit aufhören solle.

Als der dritte Akt nach wenigen Minuten Dunkelheit einsetzte, hatte Vivien noch immer kein Wort gesprochen und seine Nachbarin hatte sich nicht gerührt. Doch plötzlich spürte er, wie die Musik ihn einhüllte und lebendig wurde.

»Wie ist es ruhig und frisch
Und wie glitzert der See,
Süß ist der Pappeln Duft,
Alles schläft, außer der Nachtigall,
Ihr Gesang ertönt hell und klar.
Nichts rührt sich, kein Blatt,
Alles glänzt im Mondenschein.«

Der junge Mann auf der Bühne besang die Schönheit einer Frühlingsnacht. Der Gesang durchströmte Vivien, packte ihn im Nacken, kroch die Wirbel entlang, über sein Fleisch, in sein Fleisch hinein und drang schließlich bis in sein Herz. »Ich bin verloren«, dachte er.

Mitten im Schlussapplaus hörte er die Stimme seiner Nachbarin:

»... zu Baron Ochs.«

»Ich habe keinen Wagen«, sagte er, und aufs Geratewohl: »Ich heiße Vivien.«

Sie lachte ihm ins Gesicht.

»Wie oft wollen Sie mir das noch sagen?« fragte sie. »Wenn ich Sie gebeten habe, mich zu begleiten, dann natürlich in *meinem* Wagen.«

Baron Ochs gab einen Empfang zu Ehren des Dirigenten und der gefeierten Sängerin aus *Die Mainacht*. Er war verheiratet (»Der Teufel ist verheiratet«, dachte Vivien), mit einer Frau von klassischer Schönheit, die wie er aus Mitteleuropa stammte und Malerin war. Offenbar hatte man sich absichtlich für die Beleuchtung aus dem dritten Akt der Oper entschieden, denn die Gäste wandelten wie Schatten durch einen nächtlichen Garten. Vivien wich nicht von Cynthias Seite (mehrere Personen hatten sie mit diesem Namen angesprochen), fragte sich aber, wie er sich verhalten sollte. Er war jetzt schon verliebt. Sicher, das war eine rein körperliche Angelegenheit, aber merkwürdigerweise fühlte er sich nicht frei. Ihm blieb keine Zeit, weiter darüber nachzudenken, sie zog ihn in einen Raum ganz aus Glas, wo New York funkelte vor dem schwarzen Hintergrund der Nacht. Das war der Anfang ihrer Geschichte, die für den jungen Mann unglücklich verlief.

Sie war besitzergreifend. Sie war es in einem Maße, dass ihn vor sich selbst ekelte. Jeden Tag ging er im Morgengrauen nach Hause, wenn sie beschloss, ihn aus ihrem Bett zu jagen, so wie man einen Dienstboten hinauswirft. Zu guter Letzt wollte er sie umbringen. Dann wurde ihm sein eigentlicher Wunsch klar, denn Cynthia war nur ein Köder: Maxime umbringen. Diesen Mord musste er sorgfältig planen. Wer hat nicht irgendwann einmal jemanden ermorden wollen, flüchtige Gedanken, die oft so wirklich sind wie Taten selbst?

Er begann wieder Tagebuch zu führen, ganz wie Maxime es ihm geraten hatte, durch eine dieser kleinen Ironien des Lebens – und, im vorliegenden Fall, Ironie des Todes.

19. Dezember. – Ich habe Cynthia umgebracht. Sie beherrschte mich, ich ertrug es nicht länger. Ich habe keine Spuren hinterlassen. Wie ich es aus Filmen kenne, habe ich alles mit einem Taschentuch abgewischt und dieses dann weggeworfen. Sie hat sich zu weit hinausgebeugt, ein Schwindelanfall. Neun Stockwerke, in New York nichts Ungewöhnliches. Das Fenster hinter ihr, das ich selbst geöffnet hatte, plötzlich gab ich ihr einen Stoß, sie hatte keine Zeit, sich festzuhalten. Das ganze dauerte nicht länger als ein Herzschlag.

Ich ging, ohne dass irgendjemand behaupten könnte, mich gesehen zu haben. In meiner Suite erwartete mich das für die Nacht gerichtete Bett, angezogen wie ich war, ließ ich mich fallen und versank sekundenschnell in einem Abgrund. Im Finstern sah ich den Körper von einem Stockwerk zum andern stürzen, aber langsam, sodass jedes Fenster, an dem er vorüberflog, einem Lebensabschnitt glich. Es war nicht Cynthias Leben, sondern meines. In jedem der gläsernen Rechtecke schüttelte ein Mensch aus meinem eigenen Leben den Kopf, wie um mir zu sagen, dass ich etwas viel Schlimmeres begangen hatte, als man mir jemals zugetraut hätte, und dass ich fliehen musste. Alle wussten, ich hatte mein Schicksal verdient. Zunächst, weil ich sie alle vernachlässigt oder betrogen hatte, eingeschlossen in mein Ich, rücksichtslos gegenüber ihren Gefühlen, besonders den allerreinsten.

20. Dezember. – Ich werde nach Paris zurückkehren. Ich habe die Rezeption informiert, jedoch mit der Bemerkung: »Anfang nächsten Jahres«, damit es nicht nach Flucht aussieht. Ich hatte mir alle Zeitungen kommen lassen, es stand nichts über Cynthia darin, obwohl sie einer der Öffentlichkeit bekannten Gesellschaftsschicht angehört. Wurde die Sache auf höheren Befehl verschwiegen?

21. Dezember. – Baron Ochs ist vorbeigekommen und hat über sie gesprochen. Ganz nebenbei fragte er, ob ich die Absicht hätte, sie in ihrem Landhaus in Colorado zu besuchen. Ich habe nichts begriffen von seinem Gerede, als wäre die Zeit zurückgespult. Doch ich wusste, unter seinen höflichen Sätzen verbirgt sich die Wahrheit. Ich glaubte, er würde mir ein Geschäft vorschlagen, den berühmten Pakt mit dem Teufel. Plötzlich sagte er, schon im Gehen, mit einem Lächeln: »Sie sind durch Zufall hierhergekommen, eigentlich *aus Versehen.*« Er betonte dieses Wort, und es hallte im Zimmer nach, als er schon längst fort war.

23. Dezember. – Seit gestern schneit es. Ein Blizzard hält uns gefangen, unmöglich, dem eisigen Wind in den Straßen zu trotzen. Eingeschlossen sein gibt mir das Gefühl, in Höllenglut zu schmoren; das Hotel ist überheizt, die Fenster lassen sich keinen Spaltbreit öffnen. Jede Nacht habe ich meine Flucht aus Cynthias Wohnung vor Augen: Eine Straße folgt auf die andere, als wären sie eine einzige, kaum beleuchtete Schlangenlinie, die sich ohne jede Querstraße dahinwindet. Sie verbinden mein Verbrechen mit dem Schlaf. Nachdem ich stundenlang gelaufen bin, komme ich in das Zimmer und werfe mich genau dann aufs Bett, wenn das Telefon dieses Luxushotels zu schellen beginnt. Am anderen Ende der Leitung, die ferne Stimme Maximes: »Es ist Zeit, erwachsen zu werden, keine Dummheiten mehr zu machen, Verantwortung zu übernehmen. Wieder wird man dir helfen müssen, das alles auszulöschen, aber du bist in der Hand von …« Hier wird das Gespräch unterbrochen. Draußen peitscht eisiges Schneegestöber gegen die zum Glück doppelten Fensterscheiben.

24. Dezember. – Die einsamsten Weihnachten meines Lebens. Niemand ruft mich an, nicht einmal Ochs, obwohl ich weiß, er ist in der Stadt.

Als ich diese sichtbare Leere um mich herum nicht mehr aushielt, habe ich mich gefragt, wer ich bin und wo ich bin. Ich wählte die Nummer von Baron Ochs. Ein Kammerdiener meldete sich und sagte, der Herr Baron sei beim Ankleiden fürs Diner und dürfe nicht gestört werden. Es sei wichtig, insistierte ich auf schleimigste Art, er möge ihn doch bitten zurückzurufen. Beim Warten zog ich auf gut Glück meinen Smoking an, denn ich war überzeugt, er würde mich einladen, selbst wenn er wirklich der Teufel war. Ich döste auf einem Kanapee, als der Kammerdiener zurückrief: Der Herr Baron habe mich auf seine Gästeliste gesetzt, für Punkt Mitternacht.

Nachdem ich eisigem Wind getrotzt hatte, wenigstens schneite es nicht mehr, läutete ich um Mitternacht bei Baron Ochs. Mein Kaschmirmantel und ein weißer Seidenschal, zweimal um den Hals geschlungen, hatten mich warm gehalten; dennoch hoffte ich ungeduldig, endlich in eine wohligere Atmosphäre zu kommen. Der Mann, mit dem ich am Telefon gesprochen hatte, öffnete mir. Die Wohnung hinter ihm war dunkel; der Lüster im Vorraum ließ grelles Licht auf mich fallen. Nein, es sei nicht hier, sondern bei Freunden des

Herrn Baron. Welche? Das müsse ich selbst wissen, der gnädige Herr habe keine Anweisung gegeben. Während er wartete, dass ich ging, fiel ich ihm buchstäblich vor die Füße. Er trug oder zog mich vielmehr zu einem Kanapee, flößte mir etwas Alkohol zwischen die Lippen, doch mir schwand das Bewusstsein.

Der Baron und seine Frau entdeckten mich, als sie von ihrer Abendgesellschaft zurückkamen. Es war hellichter Tag. Um mich wieder auf die Beine zu bringen, verpasste mir die Walküre vor den Augen ihres Gatten rechts und links eine Ohrfeige. Durch die Glasfront, vor der Cynthia mich zum ersten Mal umarmt hatte, sah ich einen grausam klaren Himmel und die Fensterscheiben ferner Häuser, durchzuckt von gleißenden Strahlen der Wintersonne. Der Schnee war sicher zu Eis gefroren.

Ich überspringe die zwei folgenden Stunden. Es gab eine Mahlzeit, bei der sie mich wieder aufpäppelten, während sie selbst mit ein paar leichten Bissen vorliebnahmen. Dann beschloss die Walküre, die trotz einer aushäusig verbrachten Nacht erstaunlich frisch war für ihr Alter, sie wolle zum Malen in ihr Atelier in der oberen Etage gehen, zu dem eine Innentreppe führte. Ihre hohe Gestalt entschwand langsam, wie eine wagnerianische Erscheinung. Ochs dirigierte mich in sein Büro.

»Sie haben in New York nichts mehr verloren«, sagte der Baron. »Maxime hat Ihnen einen Rückflug für den 1. Januar gebucht, da sind die Flugzeuge nahezu leer. Sie sind jetzt über dreißig, nicht wahr? Ihr Gesichtchen täuscht über das Alter hinweg. Umso besser für Sie. Aber das ist nicht immer ein Segen. Schauen Sie sich an: Sie vergeuden Ihr Leben, kein Beruf, keine stabile Beziehung, kein Wille, sich einen Platz an der Sonne zu erkämpfen! Ich urteile nicht, ich stelle nur fest. Die Jugend dauert nicht ewig, das werden auch Sie eines Tages einsehen. Hören Sie auf, sich auszumalen, was alles eintreten könnte. Vor Jahren haben Sie Ihre Abschlussarbeit in Geschichte zusammengeschludert. Dennoch sind Ihre glänzenden Ideen bemerkt worden: Sie bekamen Ihr – ich weiß nicht, wie das in Frankreich heißt: Maîtrise, Licence –, sagen wir: Universitätsdiplom. Aber Sie wollten nirgendwohin, und Sie sind nirgendwo. Wenn die Stunde der Reue kommt … – unterbrechen Sie mich nicht, sie wird kommen, wie bei allen Menschen –, wer wird dasein und Ihre Enttäuschungen mit Ihnen teilen? Körperliche Passionen befriedigen nicht alles. Übrigens kann das Wort *Passion* auch eine Projektion sein, jener anderen, großen Passion … Auch möchte ich Ihnen unbedingt versichern, ich bin, trotz Ihrer heimlichen Wünsche, nicht der Teufel, sondern Bankier, was nicht ganz dasselbe ist!«

Baron Ochs lachte ein helles Lachen, das ihn sympathisch machte, doch Vivien wartete auf die Fortsetzung.

»Ich will Ihnen noch sagen«, fuhr der Baron fort, »dass ich

Sie für nichts auf der Welt in mein Geschäft aufnehmen werde. Gewiss, ich habe keine Erben und Sie konnten sich Hoffnungen machen, dank Maxime, dank Ihres Charmes, dank Ihrer oft bizarren, aber handfesten Kenntnisse. Sie wären eine Katastrophe, Sie würden Ihren Charme spielen lassen, damit Sie nichts anderes tun müssen. Fürs Geschäft braucht man ernsthafte Leute, Sklaven und Chefs. Sie sind weder das eine noch das andere. Ich will Ihnen aber etwas geben. Verstehen Sie es nicht als Ironie: einen guten Rat. Das ist etwas sehr Rares auf der Welt, allem Anschein zum Trotz. Es mag Ihnen einfach erscheinen, gehen Sie wirklich in sich, hören Sie mir gut zu: *Wenn ich du wäre, hätte ich Vertrauen in mich.* Ich meine Vertrauen und nicht Ihr Gefühl, etwas Besonderes zu sein. Mit Vertrauen im Herzen vollbringt man das, wozu man gemacht ist. Ich lasse Sie jetzt in Ihr Hotel zurückfahren und will mich von Ihnen verabschieden, denn meine Frau und ich, wir verreisen morgen nach Colorado. Winterurlaub, sagt sie, also Spaziergänge, eingemummt bis zur Nasenspitze, um ihr eine Freude zu machen. In Paris, wenn Sie Maxime sehen, bestellen Sie ihm meine besten Grüße.«

Vivien verbrachte die restlichen Feiertage freudlos, und am 1. Januar saß er im Flugzeug nach Paris. Die Worte des Barons ärgerten ihn. Dieser Teufelskerl (warum sollte er die Bezeichnung *Teufel* angesichts seiner Allwissenheit nicht gebrauchen) hatte ihn schonungslos entblößt. Er fasste gute Vorsätze, denn er war trotz allem ein braver Junge, und sie dauerten so lange wie der Flug.

Er kehrte zurück in die Rue Vaneau wie zu einem vergessenen Menschen. Die mit Tüchern zugehängten Möbel schienen versunken in jenseitigen Schlaf. Er befreite sie, noch bevor er seine Koffer auspackte, und ließ die Überzüge auf einem Haufen im Flur liegen. Es war trübsinnig. Er konnte es kaum erwarten, wieder Verbindung aufzunehmen mit …

In einem der roten Polsterstühle im Salon sitzend, griff er in seine Tasche und schnappte sich etwas, das er für sein Adressenverzeichnis hielt; es war sein Tagebuch. Rasch überflog er, was er während seiner letzten Woche in New York aufgeschrieben hatte. Jedes erotische Abenteuer war mit einem Kreuz verzeichnet, und mit einem kleineren Kreuz seine einsamen Vergnügungen, eine Gewohnheit, die er seit seiner frühen Jugendzeit beibehalten hatte. In jener Woche war der Rand übersät mit kleinen Kreuzen. Der letzte Tag des Jahres, den er allein im Hotel verbracht hatte, glich einem Friedhof. »So weit ist es mit mir gekommen!« sagte er sich, »ein Grab der Liebe …« Er glaubte Maximes Stimme zu hören. Doch er konnte sich nicht erinnern, wann er diese Seiten geschrieben hatte. Wahrscheinlich vertraute er nachts, im Halbschlaf, diesem papierenen Gedächtnis seine geheimsten Handlungen an. Hatte er getan, was schwarz auf weiß dastand? Ein dunkler Schleier legte sich auf seine Erinnerung, während jeder Tag in der Vergangenheit erlosch. Ohne diese verräterischen Sätze hätte er sich an nichts erinnert.

In diesem Augenblick läutete es an der Tür. Auf dem Flur schubste Maxime ihn zurück, und mit der Autorität eines Mannes, der weiß, was ein junger Mann alles verbirgt, drückte er ihn auf den roten Polsterstuhl im Salon, aus dem er eben aufgestanden war.

»Sie leben umgeben von Blut«, sagte er ruhig.

Vivien fühlte sich ertappt und dachte blitzschnell: »Wenn er nur ein freundliches, vielleicht sogar liebevolles Wort ausspricht, vergesse ich alles, was ich ihm antun will, ich gehorche, gehe zu meinem Vater, krieche auf dem Bauch, das gelingt mir ja auch, wenn ich bei Frauen etwas erreichen möchte …«

Maxime war unerbittlich. Für ihn steckten hinter den Reisen in die Karibik und nach New York nichts als Schwächen, jene der Seele, die weit schlimmer waren als die übrigens ganz natürlichen Schwächen des Körpers. Die Zeit verging, und Vivien vertrödelte sie mit Nichtigkeiten; sogar seine wollüstigen Nächte wiederholten bloß immer die gleichen Laster, ohne dass es ihm gelang, den Kreis der Langeweile zu durchbrechen. Immer der gleiche sein, hatte er davon nicht genug? Strebte er nach nichts anderem? Würde er den ewigen Jüngling spielen bis zu seinem Tod? Das Wort verfinsterte den Raum.

Vivien schloss die Augen, als hätte das gereicht, um Maxime nicht länger zu sehen. Lag darin eine magische Kraft? Als er eine Sekunde später die Augen wieder aufschlug, war Maxime nicht mehr da. Ihm wurde klar, dass er diesen Mann wirklich beseitigen musste, die Sache duldete keinen Aufschub. Er erinnerte sich, dass sein Vater für Federal Express eine Adresse angegeben hatte. Er würde hingehen, er hatte noch Freunde dort, und da er die Sendung ja überbracht hatte, würde er eine Lüge auftischen, eine mehr: Er habe im Vorraum des Empfängers ein Notizheft verloren …

Er bekam alles, was er wollte, einschließlich der Türcodes. Jetzt musste er warten, bis es Nacht wurde, dann konnte er zu seinem Opfer gehen. Maxime wohnte nur zwei Schritt entfernt, in der Rue Barbet-de-Jouy, bei einem stillen Garten, der an den Park des Hôtel de Biron grenzte. Man hörte nur Vögel, selbst im Winter, und in der Ferne das dezente Raunen von Paris.

Einer Eingebung folgend, schließlich handelte es sich um eine gewissermaßen rituelle Handlung, kleidete er sich ganz in Schwarz. Mit der Gestalt in der Spiegeltür seines Badezimmers war er zufrieden. Doch irgendetwas stimmte nicht. Er trat näher an den Spiegel und sah sich in die Augen. Normalerweise gefiel es ihm, seiner kleinen Eitelkeit zu schmeicheln; der Spiegel antwortete zuvorkommend, wie im Märchen. Heute aber entdeckte er feine Krähenfüße in den Augenwinkeln und zur Wange hin eine Falte. Würden die dunklen Ringe der Wollust nicht mehr vergehen? Alles übrige, die hohen Wangenknochen, der glückliche Schmollmund, war wie immer. Nein! Etwas hatte sich verändert: der Blick. Er wirkte leer, wie ein vom Einbrecher offen zurückgelassener Safe. Wieder schoss ihm der Gedanke durch den Kopf, dass er verloren war. Verloren, was bedeutete das eigentlich? War in ihm noch ein Rest kindlichen Glaubens? Das alles hatte er seit langem hinweggefegt. Er war … was, schon sechsunddreißig! Dieses Gesicht war sechsunddreißig Jahre alt! Unmöglich. Er kam gerade aus New York, wo er dreißig geworden war. Was ging da vor? Zeitverwirrung oder Irrtum? Man verliert nicht einfach ein paar Jahre! War das ein Kniff von Maxime? Diesmal musste er Schluss machen mit der lästigen Kreatur.

Nach Einbruch der Nacht machte sich Vivien auf den Weg zu Maximes Adresse. Dank der Türcodes gelangte er bis in eine zweite, völlig leere Eingangshalle, indirekt beleuchtet durch einen Innenhof mit Garten, wo unter dem rötlichen Himmel von Paris Laternen strahlten. Maxime wohnte im fünften und obersten Stock. Die Aufzüge funktionierten über Knöpfe, auf denen Initialen standen. Man musste klingeln, um weiterzukommen. Wahrscheinlich gab es auch eine Treppe, doch jenseits der Portierloge, und weiß Gott, da war sicher auch ein Alarmsystem …

Vivien fragte sich, ob er nicht einfach loslegen sollte. Um diese späte Stunde konnte man sich auf keine Eilsendung von FedEx berufen, die Zentrale hätte vorher angerufen. Als er die Hand nach Maximes Initialen ausstreckte, blieb die Zeit stehen.

Hatte er an eine verbotene Welt gerührt? Er vermeinte, zusehends kleiner zu werden, oder wuchs die Stahltür des Aufzugs ins Unermessliche, verlor sich im Unendlichen?

»Weißt du, was du tust?« fragte eine flüsternde, aber gewaltige Stimme, die einem Riesen gehören mochte. Ihm fielen die endlosen Straßen ein, durch die er geflüchtet war, als er in New York Cynthias Wohnung verlassen hatte. Hier lag ein düsterer Korridor vor seinen Füßen, und gegen seinen Willen wurde er hineingezogen. Viele Meter legte er auf den Knien rutschend zurück, bis sie schmerzten. »Ich kann nicht mehr«, dachte er. »Weiter«, flüsterte die gewaltige Stimme, »du musst dein Kreuz tragen, wenn du gerettet werden willst, und zwar jetzt oder nie.« *Nie*, schien der Korridor zu murmeln.

Sich an den Wänden festhaltend, tappte er voran, es war finster und kalt. Frauennamen rauschten ihm durch den Kopf. Die Zeit floh mit ihm, er hatte keine Hoffnung mehr, zu entrinnen. Maxime würde unerreichbar bleiben: Der Gedanke an Mord ersetzte den Mord, doch es war das gleiche. »Du hast die Sünde in deinem Herzen begangen …« Er wusste nicht mehr, was danach kam. Dunkel erinnerte er sich an etwas anderes: »Wenn selbst dein Herz dich verurteilt …« Aber das hatte keinen Sinn, er spürte sein Herz unter der Hand pochen, und wenn jemand ihn wirklich liebte, ohne Fragen zu stellen, dann war es sein eigenes Herz. Er fühlte es, er glaubte ihm, er verließ sich darauf.

Nichts klärte sich in seinem Kopf. Wozu weitergehen? Er ließ sich der Länge nach auf den Boden gleiten. Die Minuten rasten über ihn hinweg wie Mäuse, die an einem Brotkrümel nagen. Nach einer Weile, er wusste nicht, wie lange es gedauert hatte, rappelte er sich hoch. Der Aufzug sah wieder normal aus, und ohne zu überlegen, wohin das führen mochte, drückte Vivien auf den Knopf mit Maximes Initialen. Augenblicklich umfing ihn Lärm.

Die Eingangshalle musste voller Bullen sein, Befehle wurden gebrüllt; und er konnte sich nicht mehr rühren, wie betäubt durch alles, was geschah. Es war jetzt mitten am Tag. Würde man ihn verhaften, und warum? Wegen des Gedankens, jemanden umzubringen? Aber niemand wusste davon, außer vielleicht Maxime, denn dieser Teufelskerl durchschaute alles. Würde er ihn verraten, auch seine anderen Übeltaten: das Geld in der Karibik, Cynthia, alles? In tiefer Verzweiflung wartete Vivien darauf, festgenommen zu werden. Er spürte, dass er fallen ließ, was er in Händen hielt, wahrscheinlich die Waffe, mit der er zu Maxime gegangen war. Jetzt öffnete jemand die Glastüren der Eingangshalle.

Unwillkürlich warf er einen Blick auf seine Uhr: Es war noch nicht ganz Mittag; vielleicht eine Minute, vielleicht auch zwei Minuten vor zwölf, er sah verschwommen. Er wollte gerade noch einmal schauen, als hinter ihm eine fröhliche Stimme rief: »Zu spät«, dann schob sich eine Hand unter seinen Arm. Ein köstlicher Duft fragte ihn: »Was machst du hier, Vivien?«

Es war eine Freundin seines Vaters, eine hochgewachsene, strahlende Person mit wundervoll schwarzem Haar, und ihre Augen lachten genauso wie ihr schöner roter Mund; sie trug Farben, die nur bei ihr zusammenpassten, Orange und Rot, und sie becircte Männer jeden Alters durch ihr glückliches Aussehen, ihren Gang mit den leicht wiegenden Schultern, ja, eigentlich durch alles, ihr größter Reiz jedoch war das gewinnende Lächeln.

»Keinen Ausweis dabei«, sagte Vivien, »ich komme nicht durch.«

»Das werden wir sehen!«

Sie steuerte auf die Polizisten zu, oder vielmehr ging ihr Lächeln voraus, und diese traten höflich zur Seite, mit bewunderndem Gemurmel.

»Der Junge gehört zu mir«, sagte sie. »Er wohnt da drüben, aber er hat seinen Ausweis auf dem Nachttisch vergessen. Großartig, dass Sie uns beschützen!«

Hinter ihr erklang ein ziemlich ordinäres Pfeifen, das sie entgegennahm wie die Prinzessin aus einer Komödie.

Auf der anderen Seite der Absperrung bedankte Vivien

sich bei Pamela, die ihm ihre Wange hinhielt, immer noch unter den Blicken der Polizisten.

»Männer«, sagte sie. »Männer haben immer recht. Das gehört zu ihrer Schwäche. Alle Männer, ausgenommen du. Bei dir möchte man, dass du unrecht hast. Warum? Es ist einfach so. Aber dein Vater, ein Prachtmensch! Ich liiiebe deinen Vater. Ich vermute, du hast keine Zeit für eine Tasse Tee?«

»Ein Rendezvous«, sagte Vivien lakonisch.

»Jaja! Immer hinter den Frauen her … Du wirst noch lernen, mein Kleiner, die besten Rendezvous sind die verpassten. Das bewahrt einen manchmal vor dem Schlimmsten. Man weiß nie, an welcher Gefahr man gerade noch vorbeischrammt.«

Sie lachte herzhaft.

»Und jetzt, verschwinde!«

Vivien rannte los. Ein Stück weiter, in der runden Einfahrt des Hôtel Matignon, war das Tor geschlossen, kein Posten stand Wache. Auch die Tore der Palais gegenüber waren verriegelt, dahinter kochte das politische Süppchen. Mittag war lange vorbei.

Plötzlich hörte er: »Stehengeblieben!« Jemand rannte hinter ihm her, und er bekam weiche Knie. Was war jetzt schon wieder los? Vor der Italienischen Botschaft, deren Tür zu war, holte ihn ein junger Polizist ein. Er war allein auf der Straße, die bis zur Rue du Bac menschenleer dalag. Vivien dachte, er müsse sich nun wohl rechtfertigen.

»Uff, du hast mich einen neuen Rekord aufstellen lassen«, sagte der Polizist. »Das hier hast du verloren …«

Er duzte ihn wie jemanden seines Alters, und streckte ihm einen länglichen Umschlag hin. Vivien lächelte, nicht so berechnend wie Pamela, aber sein Lächeln trug ihm auf der Stelle Sympathie ein.

»Danke«, sagte er, »heute bin ich ganz verdreht.«

Vom Brief seines Vaters glotzte eine Marke der Karibischen Inseln mit dem schwarzen Auge eines Tukans. Sein Vater – Vivien dachte, dass er ihn überaus liebte – würde höchstwahrscheinlich wieder heiraten, aber das war normal, jeder führte nun sein eigenes Leben …

»Und das hier«, sagte der junge Polizist, »das war auch dabei.«

Er hielt das grüne Notizheft in Händen. Vivien streckte die seinen hin, als erwarte er, dass man ihm Handschellen anlege. Hatte jemand das Heft aufgeschlagen, und sollte ihn der Brief in eine Falle locken? Aber der Polizist reichte ihm bloß das Heft.

»Schönen Tag noch«, sagte er und ging seiner Wege.

Vivien zögerte hineinzuschauen, er lüpfte nur ein wenig den Deckel. Auf diesen Linien stand in seiner unregelmäßigen Schrift die Wahrheit. Welche Wahrheit? Er wagte nicht, der unbekannten Welt, die er selber war, ins Auge zu blicken. Dann gab er sich einen Ruck.

Zuerst verstand er nicht, was er las; das war nicht sein Tagebuch, sondern ein Text, an den er sich überhaupt nicht erinnern konnte: die Diplomarbeit über Ethik, die er gerade schrieb. Er las: »Parolen nützen nur denjenigen, die sie ausgeben. Ich für mein Teil bin gegen jede übertriebene Anwendung von Moral und gegen jede *Maxime* …« Daher also kam dieser Vorname. Sein Alptraum hatte sich aller Einzelheiten eines Tages bemächtigt, er hatte von dem Leben geträumt, das er hätte führen können, und sich glücklicherweise daraus befreit. Gerade als er ein *Uff* der Erleichterung ausstieß, rief eine fröhliche Stimme nach ihm. So ein verfluchter Tag!

»Na, junger Freund, Sie gehen an diesem Krawalltag einfach spazieren?«

Das gutmütige rosa Gesicht des Inhabers der chemischen

Reinigung in der Rue de Varenne strahlte ihn mit einem Lächeln an, das von einem Ohr zum anderen ging.

»Wie schön, Sie zu sehen. Seit heute morgen ist keine Menschenseele vorbeigekommen. Entweder schlafen alle, oder sie demonstrieren auf eigene Weise in ihren Landhäusern. Aha! Sie bewundern meine Ballettröckchen ...«

Hinter ihm, jenseits der offenstehenden Ladentür, hingen an Kleiderbügeln Opernkostüme.

»Sie malen sich wohl gerade die Beine der dazugehörenden Mädchen aus. Die Klamotten hier stammen aus dem *Reigen der Stunden.* Nach einem einzigen Abend sind die Sachen schmutzig, ist auch nicht anders zu erwarten.«

Vivien hörte nicht mehr zu. Die *Stunden* hingen vom Plafond, alle gleich, alle mit Schminke verschmiert, schmutzig, ihrer Frische beraubt. Der Laden hinter Monsieur Blondeau glich der Höhle eines Zauberers, darin türmten sich Kleider, Krawatten, Anzüge für jeden Geschmack, alles in schönstem Durcheinander unter diesem Gewölbe aus Tüll, an dem noch ein paar Lichtflitterchen hafteten.

»Ich habe Verspätung«, sagte Vivien.

»Lassen Sie sich Zeit!«

Monsieur Blondeau hielt ihn fest, legte ihm die Hand auf den Arm, wie Pamela.

»Das Leben ist kein Wettlauf. Schauen Sie sich mein Sammelsurium an. Das ist das Leben, ein kunterbunter Haufen von allem: Männer, Frauen, Tänzerinnen und feine Damen aus dem Viertel. Bei mir vertragen sich alle. Sie kommen mit Flecken daher, und ich mache sie wieder rein. Würde man auf mich hören, es gäbe keine ...«

In der Ferne hörte man Explosionen.

»Tränengasgranaten! Als ob man die zum Weinen bräuchte! Männer sind dumm. Sie sehen, ich sage nicht: Frauen. Was würden wir ohne sie anfangen?«

»Ich habe ein Rendezvous«, sagte Vivien, seit Mittag nun schon zum zweiten Mal.

»Ach, die Jugend! Sie sollten mal wieder Molière lesen. Da gibt es eine lange Tirade über Hirngespinste, phantastisch! Aber ich langweile Sie mit meinem Gerede. Obwohl … ich hätte da eine Geschichte, die Sie amüsieren wird. Bleiben Sie noch eine Sekunde, es sei denn, Sie möchten lieber auf dem Boulevard Saint-Germain ein paar Tränen vergießen, da fliegen wohl die Fetzen. Passen Sie auf: ein Freund von mir, ein Wachtmeister, der vorhin hier langgekommen ist, sagte, sie würden noch Wasserwerfer einsetzen.«

Doch es war nichts zu machen. Vivien stürmte davon. An der Ecke Rue du Bac ließ man ihn durch, denn nur wer in die Rue de Varenne wollte, musste sich ausweisen.

Ohne achtzugeben auf das, was Monsieur Blondeau ihm gesagt hatte, lief er bis Saint-Germain-des-Prés, wo er verabredet war.

Von weitem konnte er Agathe nicht sehen, wahrscheinlich wartete sie nicht mehr. In gewisser Weise war es ihm gleichgültig; warum sollten immer nur die Jungs unrecht haben …? Er fragte sich, ob Rendezvous nicht Fallen waren, die zuschnappten: schuldig, schuldig, schuldig. Doch irgendetwas lief nicht wie geplant. Und wenn die junge Dame, sagte er sich höhnisch, im Café auf ihn wartete, um sich an seiner Enttäuschung zu weiden? Na gut, dann sollte sie auf ihre Rechnung kommen, er jedenfalls würde sich nicht in die Karten schauen lassen. Er bemühte sich, möglichst lässig weiterzuschlendern.

Die Café-Terrasse war leer. Diderot in seiner Kniehose à la française reckte die spöttische Nase und den Federkiel gen Himmel. Der Kellner im Inneren … Vivien hatte ein Déjà-vu-Gefühl: Das war doch der verrückte Kellner aus seinem Alptraum, und der hier fuchtelte wie der andere mit seinem Wischtuch durch die Luft. An einem der Tische saß jemand hinter einer auseinandergefalteten Zeitung versteckt, wie um ihn zu frotzeln. Ich muss nachsehen, sagte sich Vivien, ich bin sicher, dass Maxime nicht existiert, ich habe ihn von A bis Z erfunden, er kann gar nicht da sein, ich will es!

Er trat näher. Ohne Zögern fegte er mit dem Handrücken die Zeitung fort. Hinter der papierenen Wand kam einer seiner Professoren zum Vorschein, und zwar der Jura-Professor, Agathes Vater.

»Ah! Da sind Sie ja endlich. Nicht genug, dass Sie die Vorlesungen schwänzen, Sie versuchen auch noch, meine Tochter zu verführen. Außerdem haben Sie eine gute Viertelstunde Verspätung.«

»Ich kann Ihnen alles erklären, Monsieur.«

»Das möchte ich Ihnen auch geraten haben.«

Das Wort reizte Vivien. Auf Ratschläge konnten er pfeifen. Maxime existierte nicht mehr, das war die Hauptsache. Er hatte ganz vergessen, was für ein Quälgeist Agathe manchmal war, sicher hatte sie in Papas Rockzipfel geheult, oder sonstwohin. Und natürlich hatte sie nicht erzählt, dass sie beide, schon seit geraumer Weile, sich miteinander vergnügten, aber Tatsache war: der Herr Jura-Professor wollte, dass sie den rechten Weg einschlugen. Das war nichts für Vivien! Er hatte schlecht geträumt, er hatte gesehen, was aus ihm werden könnte, und Maxime hatte ihn im Traum gewarnt. Maxime, das war gewissermaßen ein mögliches, zukünftiges Ich, blasiert, umgeben von Schutzgeländern, aber das Leben war alle Dummheiten wert, die man begehen konnte. Er hatte ein Rendezvous mit einem Mädchen und stand nun vor dem Vater. Verdammt, verdammt, verdammt, immer höflich bleiben, ermahnte sich Vivien. Nein, niemals würde er einem vorgezeichneten Weg folgen, immer würde er aufs Geratewohl losstürmen, er war frei. Bei diesem Wort fiel in seinem Kopf der Groschen: frei!

»Ich lebe«, rief er. »Und ich bin zwanzig!«

Der Kellner kam angelaufen bei diesem Geschrei. Vivien bot ihm frech die Stirn. Das Wischtuch verscheuchte ihn.

»Ist mir völlig gleich«, sagte er lachend.

Agathes Vater erhob sich empört.

»Ich mache mich aus dem Staub«, sagte Vivien, »ich bin zwanzig!«

Und er machte sich wirklich aus dem Staub, doch so schnell er auch lief, er hatte den Eindruck, keinen Schritt voranzukommen, als hielte ihn jemand an den Füßen, wie in einem jener Träume, wenn der Körper nicht tut, was er will. Hing er im Netz der Zeit, das sich langsam zusammenzieht über jedem von uns? Er schüttelte die Glieder, um sich zu befreien.

Plötzlich hatte er das Gefühl, ein Teil seiner selbst werde unzugänglich für ihn, als habe er die Schlüssel zu seinem wahren Leben verloren. Alles geschah, ohne dass er Anteil daran nahm: er wurde bewegt, ja, beherrscht von einem geheimen *Doppelgänger*. Träumte er? Die Welt des Traums entrollte eine endlose Falle, ein Band, das sich einrollte in seinem Inneren, eine Spirale, die sich in die Wahrheit bohrte und sie in das Gegenteil dessen verkehrte, was man von ihr erwartete, eine Wahrheit, die vor dem hellichten Tag floh und Zuflucht suchte in einem inneren Halbdunkel, einem Zwielicht. Wie sollte er da herausfinden? Wo steckte er? In dem, der irgendwelchen Wegen folgte, die er nicht wiedererkannte, oder in dem, der seinen Fuß auf gewöhnlichen Boden setzen würde, nach diesem bizarren Traum? Man hatte ihm die Zeit gestohlen, sie eingeebnet, und alles rückte zusammen, bis es miteinander verschmolz, Handlungen, an die er sich noch erinnerte, und andere, unbekannte, von denen er bloß geträumt hatte.

Jemand packte ihn am Schlafittchen. Er stand an der Ecke Rue de Varenne und hatte im Vorbeigehen einen der Polizisten angerempelt.

»Ausweis.«

»Ich wohne hier.«

»Zeig mir deinen Ausweis, aber dalli.«

»Ich hatte Sie nicht gesehen.«

»Willst du mich auf den Arm nehmen?«

»Wenn nur irgendwer vorbeikäme, der mich kennt!« sagte sich Vivien. Er wollte einen Blick auf seine Uhr werfen, aber die Bewegung kam nicht gut an und er wurde gegen die Hauswand gedrückt. Hände tasteten seine Schultern ab, seinen Rücken und weiter hinunter bis zu den Knöcheln.

»Was glauben Sie denn? Dass ich bewaffnet bin?«

»Du bleibst hier, bis der Chef kommt. Ein kleiner Besuch auf dem Revier, das wird dir eine Lehre ...«

Was für eine Lehre, erfuhr er nie, denn alles ging in Sekundenschnelle. Buchstäblich. Er hatte immer noch die Hände an der Wand, doch er konnte das Zifferblatt seiner Uhr sehen. Es war eine Minute vor zwölf. »Ich bin total verrückt«, dachte er, »oder ich schlafe im Stehen.« In der Ferne waren Explosionen zu hören, und die Polizisten um ihn herum wurden zusehends nervöser. Er hatte einen Geistesblitz.

»Herr Polizist, verzeihen Sie. Darf ich die Arme runternehmen? Ich wollte zu einer Vorlesung, ich war zerstreut, ich habe Sie wirklich nicht gesehen. Ich bin ganz durcheinander heute, eine schlecht gelaufene Prüfung ...«

Er setzte sein gewinnendes Lächeln auf, eines, das immer funktionierte.

»Ich kriege auf jeden Fall eine Abreibung, mein Vater, die Profs, Sie ...«

Ein anderer Polizist trat heran:

»Was ist hier los?«

»Er hat keinen Ausweis. Er sagt, er wohnt ...?«

»Drei Häuser von hier«, unterbrach Vivien. »Ich war auf dem Weg zu meinen Vorlesungen an der Sorbonne. Ich habe den Vormittag verbummelt. Sie können alles nachprüfen, gleich nebenan, die Concierge ist da.«

»Die Hände bleiben oben.«

»Mein Vater ist ...«

»Und meiner ist der Papst und reist viel herum!«

Meiner auch! wäre Vivien beinahe herausgerutscht. Doch zum Glück hielt er den Mund.

Der erste Polizist, der junge, erklärte:

»Du siehst ja, das ist ein feiner Pinkel. Ich überprüfe die Sache mal. Damit's nachher keinen Ärger gibt. Und du, Bürschchen, kommst mit.«

Die Concierge musterte sie:

»Was hat err denn wieder angestellt?« fragte sie mit ihrem spanischen Akzent und lachte.

»Der wohnt tatsächlich hier?«

»Im zweiten. Derr ist ein Flederrwich, aberr ein guterr Junge.«

»Danke, Madame.«

»Du bist still, gehst nach Hause und bleibst auf Tauchstation.«

»Aber ich habe Vorlesungen!«

»Oh!« rief die Concierge, »Vorrlesungen!«

Sie verdrehte die Augen zum Himmel:

»Vorrlesungen in Verrführunk!«

Er fand sich im Aufzug wieder, und vor lauter Nervosität bekam er die Wohnungstür nicht auf. Endlich war er zu Hause. Aber war das wirklich sein Zuhause? »Ich will dieses Leben nicht«, dachte er. »Ich werde einen Entschluss fassen.« Dieses Wort passte nicht zu ihm, eine Stimme in seinem Kopf hatte es ausgesprochen. Maxime war also noch immer da, genau wie … Er konnte nicht sagen was. Die Stimme redete weiter, energisch: »Du wirst viel lernen, wenn du dein lästiges Ich einmal abstreifst. Leider wirst du noch lange ein unausstehlicher Bursche bleiben, du wirst alle Dummheiten begehen, die man begehen muss, und alle anderen noch dazu, du wirst aber kein Verbrecher sein oder dergleichen. Darauf brauchst du dir nichts einzubilden: in Gedanken wirst du einer sein. Das ist fast noch schlimmer: so befreit man sich von den Menschen, die man nicht liebt. Überleg's dir, du hast genau eine Sekunde …«

So etwas! Er hatte schon wieder phantasiert, er stand immer noch an der Straßenecke, ein Bulle fragte nach seinem Ausweis. Er wiederholte, dass er keinen dabeihatte. Die Arme taten ihm weh vom Hochhalten an der Wand, er sah immer noch die Uhr an seinem Handgelenk, er schielte aufs Zifferblatt, wahrscheinlich war sie stehengeblieben …«

»Lass ihn laufen«, sagte der junge Polizist, »du siehst ja, der ist ein netter Bursche.«

»Na gut. Nimm die Arme runter und verdufte!«

Vivien rührte sich nicht. »Wenn das eine Endlosschleife ist«, sagte er sich, »wenn ich in einem Zeitsplitter bin, der hängengeblieben ist und immer wieder von vorne beginnt, wenn ich nicht mehr richtig existiere, wenn ich in einem Malstrom gefangen sitze, in dem die Möglichkeiten meiner Existenz mir keine Wahl mehr lassen, wenn …« Was tun, um den Mechanismus zu stoppen, wieder in die Gegenwart zu kommen? Die wundervolle Gegenwart: alles, was er wusste, die Beziehung zu seinem Vater, die Studienkollegen, die Mädchen, seine Abenteuer, die Reisen, die er gemacht hatte, alles, was er war, was er sein würde … »Ich muss die Uhr kaputtmachen«, flüsterte er, »nie mehr im Leben werde ich eine tragen.«

In dem Augenblick rief eine spöttische Stimme:

»Sag mal Vivien, was machst du da, mit den Händen in der Luft?«

»Zisch dich!« brummte der Polizist.

»Ich nehme ihn mit«, sagte die Freundin seines Vaters, die an der Straßenecke wohnte. »Hat er wieder Dummheiten gemacht? Die süßen Jungs, man darf ihnen nichts durchgehen lassen, sonst treiben sie es zu bunt. Einen schönen Tag noch, die Herren.«

Die Polizisten traten zur Seite. In der Ferne, wie um zu unterstreichen, was sie gesagt hatte, waren laute Explosionen zu hören, das Ende der Rue de Varenne verschwand in bläulichem Nebel. »Wo geht es jetzt wieder hin?« dachte Vivien. »Ich kann mich auf nichts mehr verlassen, vor allem auf mich selber nicht. Wenn ich wenigstens …« Irgendetwas ging vor da drüben, Richtung Boulevard des Invalides, oder war es nur eine Projektion seiner Gedanken? Selbst die Gegenwart der Freundin seines Vaters dünkte ihn ungewöhnlich um diese Uhrzeit. War es ein Wachtraum? Würde er aufhören? Immer stärker hatte er den Eindruck, zwei Personen gleichzeitig zu sein: der übliche Vivien und ein anderer Junge, der ihn verdoppelte und aus seinem gewohnten Zustand hinausdrängte. Widersprüchliche Gefühle leiteten ihn: *Ich* existierte nicht mehr, es gab zwei *Ich*, das eine ging durch die Rue de Varenne und das andere war in der Zukunft verborgen, neugierig auf das, was kommen würde. Sie warteten aufeinander, und es mussten Mittel und Wege gefunden werden, sie miteinander zu verschmelzen, als könnten sich diese beiden Wesen weder trennen noch vollständig vereinen.

»Wer bin ich?« dachte er. Er musste schallend lachen: »Auf jeden Fall ist es amüsant, mehrere zu sein.« Aber so sicher war auch das nicht.

Die Frau blieb vor ihrer Haustür stehen.

»Komm doch morgen auch. Mit deinem Vater zum Abendessen«, sagte sie, bevor sie im Eingang verschwand.

»Mein lieber Freund«, sagte sich Vivien, »wir werden hingehen.« Er blieb stehen: wenn er jetzt anfing, mit sich selbst zu reden wie mit jemand anders ... Er musste mit sich ins reine kommen, unbedingt; einen Doppelgänger kann man zähmen. Immerhin sollte es möglich sein, vor einem anderen keine Geheimnisse zu haben. Man lebt zu zweit, in derselben Haut eingeschlossen. Wenn sie so aussah, die wahre Welt ...

In der Rue de Varenne war weit und breit keine Menschenseele. Nach dem Tor der Italienischen Botschaft blieb er stehen, dann wechselte er das Trottoir. Von weitem sah er, dass die chemische Reinigung von Monsieur Blondeau zuhatte. Alles war leer. Ein Abbild seines Lebens? Zu dem Rendezvous mit Agathe würde er jetzt nicht mehr gehen, er würde die Vorlesungen schwänzen, er musste sein Leben anders ausfüllen, er wollte nicht der Mann werden, der ihm ins Ohr geflüstert hatte: *Zu spät.* Schließlich bedeutete sein Vorname *Vie*, Leben. Er würde leben. Auf seine Art. Seine Finger schnippten in der Luft, und gleichzeitig war in der Ferne die Explosion einer Tränengasgranate zu hören. Er musste lachen. Er fühlte sich zutiefst glücklich.

Seine Uhr zeigte Mittag.

Nachwort

Der Andere, der Unbekannte

Zum Abschluss von Julien Greens Lebenswerk

Wer weiß, vielleicht ist jene Hälfte des Lebens, da wir glauben zu wachen, nur ein etwas anderer Schlaf, aus dem wir erwachen, wenn wir glauben zu schlafen.
Pascal, *Pensées*

I.

Julien Green ist am 13. August 1998 in seiner Pariser Wohnung, 9 Rue Vaneau, gestorben, in seiner Heimatstadt, wo er fast achtundneunzig Jahre zuvor geboren worden war, am 6. September 1900. Greens Leben ist ein Jahrhundertleben, und eines der außergewöhnlichsten Schriftstellerleben überhaupt. Denn nicht nur hat er ein biblisches Alter erreicht, auch seine literarische Schaffenszeit ist länger als die jedes anderen Schriftstellers seiner Epoche. Greens erstes veröffentlichtes Werk war die noch englisch geschriebene Erzählung *The Apprentice Psychiatrist* (*Der Psychiater-Lehrling*), erschienen im Mai 1920, als der Autor neunzehn Jahre alt war; seine letzten Werke bei Lebzeiten waren der Roman *Dixie* im Januar 1995, der Tagebuchband *Warum bin ich Ich?* im Mai 1996 und der Essay *Jeunesse immortelle* im Mai 1998, drei Monate vor Greens Tod. Achtundsiebzig Jahre eines produktiven Lebens, begleitet von dem berühmten Tagebuch, dem wohl umfangreichsten der ganzen Literaturgeschichte, dessen erster Eintrag vom 28. September 1919 stammt, der letzte vom 1. Juli 1998: »Was mir über die äußere Welt gesagt wird und was zu mir dringt, scheint mir vollkommen uninteressant. Die Ereignisse sind im

Innern.« Dies sind, kurz vor der neuen Jahrhundertwende, die letzten Worte eines Autors, dessen erste Werke noch von Rainer Maria Rilke und George Bernanos, von André Gide, Siegfried Kracauer und Walter Benjamin begrüßt worden sind – ein Schriftstellerleben, das keinen Vergleich kennt.

Ungewöhnlich und verstörend war Julien Greens Weg aber auch im literarischen Sinne. Schon seine drei frühen Romane *Mont-Cinère* (1926), *Adrienne Mesurat* (1927) und *Leviathan* (1929) sowie der Novellenband *Fremdling auf Erden* (1930) hatten ihn sofort zu einem der bedeutendsten Schriftsteller der französischen Literatur gemacht, dessen Werke in aller Welt übersetzt wurden. Bewundert wurden diese Bücher für ihre ungeheure Klarheit und Konzentration, für ihre allem Ornament ferne Sprache, für die Obsessivität und halluzinatorische Bildlichkeit, mit der immer wieder dem einen, vereinzelten und einsamen Individuum in den Untergang gefolgt wurde; verstörend wirkten sie durch die Ausschließlichkeit, mit der sich ein noch junger Autor hineingrub in die Tiefen der Melancholie, in Schlaf und Traum, in Wahn und Tod. Ab den dreißiger Jahren wurde das Bild undeutlicher; auf den Parisroman *Treibgut* (1932) folgten *Der Geisterseher* (1934) und *Mitternacht* (1936), seltsame Visionen, die in das Genre des phantastischen Romans hineinführten, oder *Varuna* (1940), der eine Wende ins Spiritistische anzudeuten schien. Nach dem Krieg dann reichte das Spektrum von dem phantastischen Roman *Wenn ich du wäre* (1947) bis zu den großen religiösen Gegenwartsromanen wie *Moira* (1950) und *Jeder Mensch in seiner Nacht* (1958). Greens Werk wird immer vielfältiger; neben den Romanen erscheinen die Tagebücher, die große vierbändige Autobiographie, Theaterstücke, Essays, eine Biographie des heiligen Franz von Assisi; die Vielfalt von Genres scheint sich nicht mehr zu etwas Einheitlichem zusammenzufügen. Besonders im deutschen Sprachraum, wo Greens

Werke von Anfang an regelmäßig übersetzt wurden und einen großen Erfolg hatten, spaltete sich die Wahrnehmung des Autors in deren zwei: hier der bekennende Katholik der Gegenwart, den man trotz seiner Abwehr bequemlicherweise zum *renouveau catholique* rechnen wollte, dort als sein Doppelgänger der Allegoriker der Melancholie, als den ihn Benjamin gedeutet hatte.

Vollends unverständlich wurde den meisten dann jedoch die Wendung zum Spätwerk. 1977 erschien *Der verruchte Ort*, ein düsterer, harter und konzentrierter Roman, der die Rückkehr zum Stil der Frühzeit anzukündigen schien, doch nach einer Pause von zehn Jahren folgte dann das offenbare Gegenteil, die große Südstaatentrilogie mit den Bänden *Von fernen Ländern* (1987), *Die Sterne des Südens* (1989) und *Dixie* (1995). Wie konnte es sein, dass der Meister der äußersten Schmucklosigkeit und Knappheit nun plötzlich ein episches Panorama von zweieinhalbtausend Seiten schrieb, das durch seine in Farben, Gefühlen und Dekors schwelgenden Schilderungen einer untergegangenen Welt, der Heimat von Greens Familie, eher an *Vom Winde verweht* zu erinnern schien denn an den Erstling *Mont-Cinère*, der in den gleichen amerikanischen Südstaaten spielte? Nur allzu schnell war das Urteil gefällt: Der Achtzig- und Neunzigjährige hatte seine Schaffenskraft vielleicht nicht verloren, wohl aber die Herrschaft über seine schriftstellerischen Mittel.

2.

Doch sogar dieses unendlich lange Schriftstellerleben wurde noch einmal verlängert, als 2008 aus Julien Greens Nachlass in Paris *L'inconnu* erschien, *Der Unbekannte.* Den mit Greens

Werk Vertrauten war dieser Titel nicht unbekannt, finden sich doch in *Die Hoffnung ist voller Gewalt*, dem letzten, abschließenden Band seines Tagebuchs, zahlreiche Hinweise auf das Entstehen dieses letzten Romans.* Der erste Hinweis, dass der Sechsundneunzigjährige zwei Jahre nach *Dixie* noch einmal das Erzählen begann, findet sich am 22. April 1997, und einmal mehr in dem für den alten Green so typischen Ton der Heiterkeit und Selbstironie: »Heute nachmittag lachte ich auf dem Flur allein vor mich hin, ich habe meinen ganzen Roman gesehen. Mein Sohn wundert sich: ›Wirst du etwas Lustiges schreiben?‹ – ›Fröhlich und düster. Ich brauche nur mehr weiterzuschreiben, wie immer muss ich darauf warten, dass es mir gegeben wird.‹« So einfach, wie Green es hier Jean-Eric Green gegenüber andeutet, wird das »Weiterschreiben« dann doch nicht werden. »Das Tagebuch nimmt in diesem Jahr die Stelle des Romans ein, den ich langsam, in kleinen Stücken schreibe«, heißt es am 29. Mai. »Ich habe Zeit, sage ich mir. Ist das vernünftig in meinem Alter? Alles, was die Hoffnung berührt, übersteigt jede Vernunft, ist notwendig und bringt einen vorwärts.« Die Eintragungen lassen weiter auf eine langsame Niederschrift schließen, aber auch auf ein gelassenes Warten des alten Mannes: »*22. Juni.* – Mein Roman kommt im Schneckentempo voran. Ich träume über diesen Seiten, aber die Zeit ist nicht wichtig. Es geht, wie es eben geht, mit Perioden des Nachdenkens und Sinnierens. Das ist eine der Regeln des Ich.« – »*29. Juli.* – Ich beginne meinen Roman von vorne. Es ging mir wie einem Menschen, der in einem Haus wohnt, das ihm nicht gehört. Ich habe immer mehrere Versuche gemacht, bevor ich den Weg fand.

* Julien Green: *Tagebücher 1996–1998.* Mit einem Vorwort ›Last Days‹ von Jean-Eric Green. Herausgegeben und übersetzt von Elisabeth Edl. München 2000.

Manchmal, wie bei *Der verruchte Ort*, war das Buch schon zur Hälfte geschrieben. Nun, man schafft eben und zerstört …« Am 28. Oktober aber heißt es: »Ich habe eine Geschichte zu Ende geschrieben. Ich nannte sie meinen Roman, aber es wollte nicht recht vorangehen mit ihr. Wahrscheinlich habe ich keine Kraft mehr für lange Entwicklungen. Dennoch beginne ich mit etwas anderem, wir werden ja sehen.«

Von diesem Tag an gibt es keinen weiteren Eintrag, der erkennen ließe, dass Green an dem Text noch einmal gearbeitet hätte. Immer wieder jedoch denkt er an diese Geschichte, die er trotz seines Selbstzweifels und des geringen Umfangs stets einen »Roman« nennt, fragt sich, ob dieser schon vollendet ist, denkt an einen Neubeginn. Am 1. Mai 1998 taucht dann im Rückblick zum ersten Mal der Titel auf: »Einen Roman schreiben! Vor zwei Jahren habe ich den Unbekannten begonnen und dann zur Seite gelegt. Ich habe die Angewohnheit, mich in die Arbeit zu stürzen, aufzuhören, wieder anzufangen, so lange, bis ich sehe, bis zu dem Augenblick, in dem das Unbewusste auftaucht und mich führt. Ich möchte … Dabei fällt mir eine Fabel von La Fontaine ein: ›Einst pflanzt ein achtzigjähr'ger Greis. / Bau'n geht noch allenfalls; doch pflanzen in den Jahren? / Gewiss, er faselt stellenweis!‹ Ich finde das sehr komisch. Aber im Grunde genommen ist es sehr ermutigend. Ich werde mich wieder an meine Geschichte machen.« Dazu ist es nicht gekommen. Als Julien Green drei Monate später starb, lag das Manuskript des *Unbekannten* so auf seinem Schreibtisch, wie er es »zu Ende geschrieben« hatte. Gewiss, in dieser Gestalt hat und hätte Green es nicht veröffentlicht, er betrachtete es nicht als fertiges Werk, ganz sicher hätte er zumindest Details noch verändert. Doch für eine endgültige Durchsicht fehlte dem Siebenundneunzigjährigen die Kraft. Dieses Schicksal teilt *Der Unbekannte* naturgemäß mit vielen unvollendeten Werken der Weltliteratur, über denen ein Autor starb, und so ist der kleine Roman *Der Unbekannte* ein Nachlasswerk im klassischen Sinne: fertig und unfertig zugleich. Das Imprimatur, das der Autor nicht mehr erteilen konnte, erteilte der Tod.

3.

Julien Greens letzter Roman ist in vieler Hinsicht ein verblüffendes Buch. Zum einen erstaunte es all diejenigen, die in den zweieinhalbtausend Seiten der Südstaatentrilogie ein Schwinden der schriftstellerischen Kraft und Selbstbeherrschung sehen wollten. *Der Unbekannte* beweist das Gegenteil, ähnelt er im äußeren Umfang eher den Novellen des *Fremdling auf Erden* oder dem kleinen Roman *Der andere Schlaf* von 1931, dem Pascals Wort aus den *Pensées* den Titel gab. Greens Sprache ist in ihrer Einfachheit und Kargheit, die fast zur Sprödigkeit wird, unendlich weit entfernt von der Prosa in *Dixie*, dem dritten Südstaatenroman, der unmittelbar davor entstanden war. Denkt man zurück an *Der verruchte Ort*, jenen Roman, der wiederum der Trilogie vorausging und der seinerseits auch in einem so vollkommen anderen, harten und bösen Ton geschrieben war, so zeigt die Folge dieser Bücher, dass Greens Schreibweise kaum einfach durch ein Schwanken der Kräfte erklärt werden kann, im Gegenteil, der Autor scheint je nach seinem Gegenstand von der Konzentration zur Opulenz übergehen zu können und umgekehrt.

Verblüffend ist weniger die Konstanz der wichtigsten Motive seines gesamten schöpferischen Lebens, als vielmehr die Rückkehr zu ganz konkreten Motiven, Szenen und sogar Figuren aus der Frühzeit. Die letzte Erwähnung im Tagebuch lautet: »Habe ich noch die Kraft, am *Unbekannten* weiterzuarbeiten, also zu erfinden? Aber was ist erfinden? Wen erfindet man, wenn nicht sich selbst? Ich hätte gerne noch Zeit und Mut, dieses Buch zu Ende zu schreiben, das den *Fremdling* wieder aufnimmt. Werde ich die Antwort auf ihn bekommen?« Greens Novelle *Fremdling auf Erden* ist zum ersten Mal 1926 in der Nouvelle Revue Française erschienen; stellt man sie neben den *Unbekannten*, so ist die Nähe zweier Werke über den Abstand von vollen siebzig Jahren nahezu unglaubhaft. Natürlich, im *Unbekannten* finden sich zahlreiche Zeichen, die das Geschehen überdeutlich am Ende des zwanzigsten Jahrhunderts festmachen: die Demonstrationen und die CRS-Einsatztruppen schon auf den ersten Seiten, der Sitz des Premierministers im Palais Matignon, die Flugzeuge, die Finanzspekulanten. Doch was sich dahinter befindet, weist zurück auf die frühe Geschichte: Auch dort schon erzählte Green von der Auflösung eines Bewusstseins, vom Verlust der Orientierung in Raum und Zeit, ja in der eigenen Person. Erzählt *Der Unbekannte* die Geschichte eines Doppelgängers? Des Teufels? Handelt es sich um einen Traum oder um den klinischen Fall einer Bewusstseinsspaltung? Wer Greens Lebenswerk kennt, nicht nur den *Fremdling*, der weiß, dass eine eindeutige Antwort auf diese Frage sinnlos ist. Und der ahnt auch, dass Green selber sie nicht hätte geben können. Wie schon in den frühen Novellen bleibt das Geheimnis am Ende offen, und nichts weist darauf hin, dass der Autor selber »wüsste«, was dort »wirklich« geschehen ist.

Doch Green fragt zurecht, ob *Der Unbekannte* nicht vielleicht eine »Antwort« auf den *Fremdling* werden könne, denn bei aller Nähe ist er gewiss keine Kopie. Im Gegenteil, der unausweichliche Weg in den Untergang, den der Fremdling Daniel O'Donovan geht, ist für Vivien nicht mehr unausweichlich. Die seltsamen Wiederholungen, Neuanfänge, die den *Unbekannten* durchziehen, stellen ja andererseits auch immer wieder die Möglichkeit für den Helden dar, aus seiner Geschichte hinauszutreten. Die Handlung des *Unbekannten* vollzieht sich auf einer Schwelle. Vivien wehrt sich gegen Maxime, und so ist sein Schicksal bis zum Ende offen. Eine der frühesten Ideen, die der junge Julien Green hatte, war bereits die Geschichte eines Mannes, der seine Identität zu wechseln vermochte; 1947 wurde daraus der phantastische Roman *Wenn ich du wäre*. Nun, im *Unbekannten*, knüpft er sogar durch das Zitat des Titels an diese Idee an: »Ich will Ihnen aber etwas geben. Verstehen Sie es nicht als Ironie: einen guten Rat. Das ist etwas sehr Rares auf der Welt, allem Anschein zum Trotz. Es mag Ihnen einfach erscheinen, gehen Sie wirklich in sich, hören Sie mir gut zu: *Wenn ich du wäre, hätte ich Vertrauen in mich.*« Das ist tatsächlich in Greens Werk eine bemerkenswerte, sehr sonderbare und schwer zu deutende Wendung. Sollte man glauben, die tiefe Verwirrung, die diese Menschen kennzeichnet, beruhe auf einem Mangel an »Vertrauen« in sich selbst? Vertrauen natürlich in einem viel tieferen Sinne verstanden als in einem einfachen Selbstvertrauen.

Warum bin ich Ich? lautet der Titel, den Green seinen Tagebüchern der späten Jahre 1993–1996 gab, eine Formulierung, die er Stendhals *Rot und Schwarz* entnahm und die etwas wie seine eigene Lebensfrage ist. Der junge Daniel im *Fremdling* stellt sie sich ebenso wie Vivien im *Unbekannten*, wie Fabien in *Wenn ich du wäre*, wie Hélène in *Varuna*, wie Elizabeth in der Südstaatentrilogie, wie Emily in *Mont-Cinère*, wie Adrienne Mesurat und wie alle seine anderen Figuren. Greens Werk dehnt sich fast über ein Jahrhundert, und es ist bei aller Vielfalt von einer unerschütterlichen Kontinuität in seinen zentralen Themen und Fragen. In keinem seiner Romane jedoch findet sich eine Antwort, und da sie sich auch nicht finden konnte, musste Green sie bis zum Ende seines Lebens von neuem stellen: Warum bin ich Ich? Wer ist der Unbekannte, der Ich sagt? Überhaupt: Wer in diesem letzten Roman Julien Greens ist denn jener »Unbekannte«, der ihm den Titel gibt? Maxime, der rätselhafte, geisterhafte Begleiter? Oder nicht eher doch Vivien selbst? Vielleicht sogar der Autor Julien Green, der sie beide »erfand«? Oder in sich fand? Oder sind alle drei ein und dieselbe Person? Oder kann da noch einer sein, noch ein ganz Anderer?

4.

Nun also, nach einem Lebenswerk von achtundsiebzig Jahren, das mit drei unsterblichen Meisterwerken begonnen hat, ein letzter Schlusspunkt, und mit ihm die Frage, die sich stellt für den Kritiker und Wissenschaftler: Ob diesem Lebenswerk noch etwas Wesentliches hinzugefügt wurde, ob es etwas Neues gebe, etwas Nichtgehörtes. Diese Frage wurde schon bei der Südstaatentrilogie gestellt, und sie wurde meist zweifelnd beantwortet. Blickt man zurück auf die drei frühen Romane, auf *Mont-Cinère*, *Adrienne Mesurat* und *Leviathan*, so wird die erste Antwort sein: Nichts Folgendes hat diese Romane übertroffen, ja, hat sie überhaupt übertreffen können. Mit ihnen steht Julien Green einzigartig da in der Literaturgeschichte, und hätte er nichts anderes geschrieben, stünde er da nicht weniger einzigartig.

Schreibt ein Schriftsteller für die Literaturgeschichte? Nein. Die Hierarchie der bedeutenden und weniger bedeutenden Werke ist eine Angelegenheit der Nachwelt, ebenso wie die Interpretationen von Stil und Gehalt, Sinn und Form. Und so muss man die Frage noch einmal und ganz anders stellen: Was bedeutet *Der Unbekannte* in diesem Lebenswerk? Was kann er uns womöglich zeigen über das Schreiben dieses Autors, über sein Denken, sein Glauben? Am 26. Juli 1997, während er sich mit dem *Unbekannten* beschäftigt, hält Green im Tagebuch eine sonderbare, lange Überlegung fest: »Wie konnte ich so schwarze Romane schreiben, von *Mont-Cinère* bis zu *Der verruchte Ort*, fast alle eigentlich. *Leviathan* zum Beispiel, während mein Leben angefüllt war mit Freuden, Freuden im Plural. Auch darin findet sich der Doppelgänger wieder, der düstere Engel, der von einer inneren Apokalypse erzählt. Aber warum dieser Verächter der Menschen, die sich herumschlagen mit ihren Träumen und Ängsten, mit ihren Sehnsüchten und Verbrechen, imaginären und wirklichen? Wer eine Welt schafft, bringt sie zum Leben, und sei es auch nur im Bewusstsein derjenigen, die sein Werk entdecken. Heute morgen hat mir *Leviathan* keine Ruhe gelassen. Es ist schon seltsam, wenn man sich sagt: Ich bin kein bisschen mehr der Mensch, der das geschrieben hat. Und doch muss eine Spur davon übrig sein, auch wenn es nur eine winzig kleine ist, in einem Winkel meines Bewusstseins, so wie auf dem Grund eines Bergwerks das Gestein, das den rosa, grünen oder blauen Schimmer des Kristalls umschließt.« In dieser Aufzeichnung steckt der ganze Green: seine Menschen zwischen Angst, Sehnsucht und Verbrechen, die Auflösung des Ich auch durch die vergehende Zeit und die geheimnisvoll bewahrte Identität, und dann auch wieder jener »Doppelgänger, der düstere Engel, der von einer inneren Apokalypse erzählt« und der dann noch einmal als der Unbekannte auftaucht. Aber die Notiz sagt auch, dass Green die Reihe seiner »schwarzen Romane« mit dem *Verruchten Ort* beendet sah.

Im Lichte jener großen Motive seines Lebens erweist sich das kurze Buch unter der Oberfläche seiner scheinbaren Einfachheit als ein Text von bemerkenswerter Komplexität.

In ihm durchdringen sich höchst kunstvoll Motive aus der Weltliteratur – die ewige Jugend des Dorian Gray ist nur das offensichtlichste –, Anklänge an eigene Romanfiguren und Bruchstücke aus dem Tag des gerade Schreibenden. »Das Tagebuch nimmt in diesem Jahr die Stelle des Romans ein«, hatte es am 29. Mai 1997 geheißen, und das ist noch in einem ganz anderen Sinne die tiefste Wahrheit. Die Grenzen verfließen; mitunter ist nicht klar, ob Green von Romanfiguren oder von sich selber spricht, von diesem Roman, an dem er schreibt, oder von einem früheren, von einer Erinnerung oder einer Vision. Viviens Wohnung in der Rue Vaneau ist ganz offenkundig Greens eigene, in der er seit Mai 1973 lebte; zuvor hatte er seit 1947 in der Rue de Varenne gewohnt, auch diese wird im *Unbekannten* mehrfach genannt; an der Ecke beider Straßen im Pariser Regierungsviertel beobachtete der wirkliche Green wie Vivien häufig Demonstrationen. Für die zahlreichen Verflechtungen von Roman und Leben gibt es noch ein besonders kurioses Beispiel: Vivien stürzt Cynthia aus dem Fenster, und schon die Beschreibung der Tat bekommt den Charakter traumhafter Unwirklichkeit: »Im Finstern sah ich den Körper von einem Stockwerk zum andern stürzen, aber langsam, sodass jedes Fenster, an dem er vorüberflog, einem Lebensabschnitt glich.« Jede Nacht jedoch, so heißt es am 20. Februar 1998 im Tagebuch, träumt Green von Claude Frollo, dem Archidiakon in Victor Hugos *Notre-Dame de Paris*, den der Glöckner Quasimodo vom Turm hinabschleudert, »er fällt, und ich wache während des Gleitflugs auf«. Bewusst oder nicht, der nächtliche Traum des Autors bildet sich ab in dem Roman, den er bei Tage schreibt. Und zugleich weckt er das Echo der zentralen Stelle in *Adrienne Mesurat*, da Adriennes Vater, von der Tochter gestoßen, sich die lange Treppe hinab zu Tode stürzt.

Auch die innere Struktur ist bei näherem Zusehen erstaunlich, und sie entspricht vollkommen den unscharfen Grenzen zwischen Wirklichkeit und Traum, der Umkehrung von Wachen und Schlaf: Stellt man sich für einen Moment eine »reale« Handlungsebene vor, so umfasst der Roman einen Zeitraum von zwei Minuten; innerhalb dieser zwei Minuten vollzieht sich die gesamte visionäre, geträumte, jedenfalls auf einer anderen Wirklichkeitsebene liegende Handlung. Innerhalb dieser anderen Realität schreibt Vivien sein Tagebuch, an dessen Niederschrift er sich nicht erinnern kann. Die ineinandergeschachtelten Wirklichkeiten sind schwindelerregend: Der Autor Green sieht, träumt seine Geschichte, deren Protagonist Vivien sich in eine andere träumt, in der er sich, geträumt und träumend zugleich, eine weitere erschafft, in der er automatisch, ohne Erinnerung und Reflexion, seine Aufzeichnungen macht, die er nach seinem »Erwachen« als Vorlesungsnotizen zu erkennen glaubt. Am 4. April findet sich in Greens Tagebuch der entscheidende Satz: »Ich bin die Figur eines Romans, die nichts von ihrer Geschichte versteht. Aber wenn sie verstünde, gäbe es keinen Roman.« Nein, Julien Green schreibt nicht für die Literaturgeschichte, er schreibt, weil ihm Leben und Schreiben eines sind. Green »verwendet« auch nicht Realien und Erinnerungen für seine Bücher, er »baut sie nicht ein«, sie sind eins mit jenem inneren Prozess des Lebens, der bei ihm Schreiben heißt. Durch sein ganzes Leben hindurch finden sich Äußerungen, ein Roman sei eine Halluzination, ein Traum, und er, der Autor, wisse nicht, wer der Andere sei, der seine Bücher schreibt. Man stelle ihn sich vor, den alten Mann in seiner Pariser Wohnung, der die Augen schließt, die Stadt des endenden zwanzigsten Jahrhunderts draußen vergisst und der an die Südstaaten seiner Jugend denkt, an das, was er vor fast einem Jahrhundert noch selbst gesehen hat, aber auch gehört aus den Erinnerungen seiner Vorfahren. Die Erinnerungen,

Visionen, Träume von Magnolienduft und rauschenden Kleidern sind ihm wirklicher als die Welt vor der Tür, und wenn er dann an seinen Schreibtisch geht und seine unendliche Saga fortsetzt, dann ist das Schreiben auch nur *eine* Art seiner phantastischen Existenz, ist der Roman in gewisser Weise das Protokoll dessen, was die Wirklichkeit des Autors ist. Der Autor, *er* ist der »Visionär«, von dem einer seiner Romantitel spricht.

Der Unbekannte ist in diesem Sinne das Protokoll von Greens letzten beiden Jahren. Jean-Eric Green hat in *Last Days*, einem zutiefst bewegenden Text über den Tod und das Abschiednehmen, beschrieben, wann dieses Abschiednehmen begann: »Am späten Vormittag des 2. Juli 1998 setzte sich Julien Green wie schon seit vielen Jahren auf seine ›Galeerenbank‹, so drückte er es aus, vor ihm auf dem Tisch das aufgeschlagene Heft seines Tagebuchs. Gegen halb eins, als ich über den Flur ging, rief er mir durch die offene Tür seines Arbeitszimmers zu: ›Ich möchte mich einen Augenblick hinlegen.‹ Ich half ihm, sich auf dem Kanapee auszustrecken, das gegenüber von seinem Schreibtisch stand. Ich wollte gerade gehen und ihn bis zum Mittagessen allein lassen, da fügte er hinzu: ›Eric, zerreiß die Seite, die ich vorhin geschrieben habe!‹« Die Seite, die Jean-Eric Green zerriss, blieb die letzte; Julien Greens Schrift war unleserlich geworden. Doch als Julien Green nicht mehr schreiben konnte, konnte er nicht mehr leben; als er physisch nicht mehr imstande war, sein Tagebuch zu führen, waren auch seine Tage gezählt. Wie immer man den kleinen Roman *Der Unbekannte* im Zusammenhang dieses langen Lebenswerks bewerten wird, er ist Teil, ist letztes Kapitel dieses Romans, der Greens Leben war, ist sein Leben in diesen allerletzten Jahren, so wie es die anderen Romane in seinen früheren waren. Der Schriftsteller Julien Green, er war der eigentliche Doppelgänger des Menschen Julien Green, und sie waren ein und dieselbe Gestalt, wie schon die beiden Jungen im *Fremdling auf Erden.*

Und doch gibt es noch ein letztes Wort nach dem letzten. Am 25. März 1998 war Green noch einmal auf den *Unbekannten* zurückgekommen: »Der Glaube bewirkt eine Vereinfachung in mir. An die Stelle des Wissens tritt das Gefühl von einer Gegenwart an meiner Seite, in meiner Nähe, in mir. Die Reihen theologischer Bücher erscheinen mir unnütz, und viele Themen werden mir fremd. So habe ich auch einen Roman mehrmals angefangen, aber ich denke mir: ›Wozu?‹ Ist ein Roman das, was Gott von mir erwartet?« Die Antwort ist Nein. Julien Green wusste, dass er an dem Punkt stand, wo die Kunst hinter ihm lag, und er, einer der größten und produktivsten Schriftsteller des Jahrhunderts, wusste auch, dass die Kunst nicht das Wichtigste ist. Der Mann, der ohne Schreiben nicht leben konnte, wusste, dass sein letztes Wort kein geschriebenes Wort mehr sein konnte, keine Literatur. »Was mir über die äußere Welt gesagt wird und was zu mir dringt, scheint mir vollkommen uninteressant. Die Ereignisse sind im Innern.« In diesem Innern hatte sich Julien Green längst auf einen anderen Weg gemacht; bald würde er das Antlitz des wirklichen, letzten Unbekannten sehen, der ihn sein ganzes Leben lang begleitet, erwartet hat. Das Schlüsselwort in den letzten Zeilen des *Unbekannten* war für Green mehr als eine Andeutung, es war ein Bekenntnis: »Schließlich bedeutete sein Vorname *Vie*, Leben. Er würde leben.« Julien Green hat für sein Grab in Klagenfurt die Worte gewählt: *Ego sum resurrectio et vita.* Er hat seinem letzten Roman ein Ende gegeben, nach dem nichts mehr kommen konnte. Dieses Ende aber steht einzigartig da in einem Werk, das gezeichnet ist von der dunklen Welt der Spaltung. Jener »Doppelgänger, der düstere Engel, der von einer inneren Apokalypse erzählt«, hat die innere Apokalypse überwunden, so wie, das war dieses Mannes fester Glaube, jede Apokalypse überwunden werden wird. Die Erinnerung an den alten Julien Green ist die an einen glücklichen Menschen.

Wolfgang Matz